姫君

山田詠美

文藝春秋

もくじ

装丁　田島照久
装画　真鍋昌平

姫君

MENU

母が首を吊ったのを見つけた時、ぼくが、まだ五歳だったのは幸せなことだ。十歳だったら泣きわめいていただろうし、十五歳だったら心の病気にかかってた。今だったらどうだろう。きっと笑ってた。二十歳。もう、ぼくは、人が、おかしくなくても笑うということを知っている。

幼稚園から戻ったぼくは、カーテンレールにぶら下がった母の姿をながめながら、おやつを食べた。菓子パンと飲むヨーグルト。いつも通り、母は、それらを用意しておいてくれた。ぼくは、飲むヨーグルトが嫌いだった。牛乳の腐ったものだと思っていた。体に良いのだと無理矢理飲ませる母に、いつも抵抗していた。けれど、その日は飲んだ。母の声が聞こえなくなった時、それは、初めておいしいもののように感じられた。確かに体に良いのかもしれない。それが、どのような意味かは、さっぱり解らなかったけれども。

五歳で良かったというのは、記憶がちっとも将来を巻き込まなかったからだ。ぼくは、あの時の情況を、はっきりと今でも思い出すことが出来るけれども、それで感情が揺さぶられることはない。母には、子供のぼくよりもかまけなくてはならない事柄があり過ぎたのを知っていたし、ぼくの方も、日々に大忙しだった。小さな子供を残して、と母を非難する人々を、ぼくは軽蔑する。死にたくなる事情がある人だっている。子供であればあるほど、その事情に振り回されたりしない。

ぼくは、あの日のある一瞬、母に必要とされなかったのだ。母が、一番身勝手になれた最初で最後の午後。それは、ぼく自身も生まれて初めて身勝手になれたひとときだったかもしれない。何も言われなければ、ヨーグルトもおいしいのだと解ったのは良かった。母は、もう、ぼくのためには泣かないし、怒ってぶったりもしない。抱き締めて、ぼくの息を詰まらせることもない。何か重大な発見をしたような気持になった。けれども、それよりもすごい新発見は、母の体が、カーテンレールを壊さないほどに軽かったということだ。ぼくの気配でカーテンと同じように揺れていた。どっちが重かったんだろう。

大学の友人たちは、ぼくを屈託のない人間と言う。ぼくも、そうだと思う。育ちの良いおぼっちゃんだからと揶揄されることもある。確かに、そんなふうな印象を与えているかもしれない。引き取って育ててくれた伯父夫婦が、ぼくをそう味つけた。もうあれ以上の不幸を味わうことのないよう、彼らが気づかい続けたのが解った。この子は、あんな目にあってしまったのだから。無言で労ってくれた善意の人たち。ぼくは、素直に彼らを受け入れた。感謝したことは一度もなかったけれど。あれ以上の不幸って何？　幼ない頭の中で思いを巡らせながら、ぼくは行き当たるのだった。そうか。不幸とは、他の人が決めることなのか。それじゃあ、幸福とは、まるで別物だ。それは、いつだって、自分の言葉でしか姿を現わさない。

だったら幸福って何だろうと、ぼくは考える。そうしている時、ぼくは、たぶん微笑を浮かべている。楽しそうだね、と人が言う。ふと、ぼくは、我に返って肩をすくめる。何を思っていたのかなど口に出すことはない。語られるには、もうあまりにも恥しいとされてしまったこの抽象的な代物を、ぼく自身によって組み立て直す時、匂いは立ちのぼり、期待を抱かせる。刺激された五感は、ぼくをせかす。どれにしようかな。胸をはずませる選択肢がそこにある。ぼくだけのために開かれた幸福のメニュー。

ぼくが十五の時に初めて寝た女の人は、髪の綺麗な人だった。年上のその人は、寝る前、ぼくに良い子ねと言っていたのに、寝た後は冷たい子ねと呟いた。セックスの前と後では、女の人は意見を変えるものらしい。ぼくは、ただ黙々と教えられた通りにしただけだったのに。どうしたのだろうと、ぼくは、その人を見詰めたが、怒っているふうではなかった。あなたが好きよ、と彼女は照れたように言った。おれも好きです、と言い返した。その時は、本当にそう感じていたのだ。彼女が、その最中に、ずっと目を閉じているのを素敵だと思った。ぼくの姿は、彼女の視界から消えている。同じように体に触れれば、同じように溜息は押し出されるのだろう。その男が、ぼくでなかったとしても。求められているのは、ぼくが与える快楽であり、ぼく自身ではない。はしたないことを何でもした。残酷な気持になれた。彼女は何が何だか解らなくなったように叫び声を上げた。固く目を閉じたまま。シーツの隙間に暗闇を作れる女はつくづく良い、と思った。

その人と全部で何回寝たのかは覚えていない。ある時から、彼女は、寝ている最中に、ぼくの名前を呼ぶようになった。時紀《ときのり》という自分の名が彼女の口から洩れるたびに、忌々しい気分に襲われた。性器が縮んで思うようにならなくなったので、ぼくは、彼女にもっと残酷に振舞った。つやつやとした枕の上に広がる髪をわしづかみにして引っ張り、耳がちぎれるほど噛んだ。彼女は、苦痛に顔を歪ませながら薄目を開けて、ぼくを見た。目の縁に涙が滲んでいた。それが痛みのせいだけでないのが、微笑むように上げられた口角のせいで見て取れた。ぼくは気が付いた。今、幸せなんだ、この人は。こんなふうに扱われているというのに。女のオーガズムの表情は、まるで天国で罰を受けているみたいだ。そう思った途端、強烈な快感が、ぼくを襲った。後は、興奮状態で我を忘れてしまった。

気が付いた時、彼女は、ぼくの背中を撫でていた。あなたが好きよ、と彼女は言った。その意味が、初めてそう口にした時とは明らかに違っているのを、ぼくは悟った。彼女は、これからは、ぼく自身を求めるのだと予告したのだ。ぼくが、それを望んでいるのかを尋ねることもなしに。

彼女が寝入ってしまった後に、ぼくはベッドを降りた。そして、台所に料理用の大きな鋏を取りに行った。戻って、熟睡している彼女のかたわらに腰を降ろし、大切にしている長い髪を切り始めた。静かに、とても静かに、音を立てないように。切られて行く髪は夜の色に混じり、どこかに行った。うつ伏せになって寝息を立てる彼女は、坊主頭の愛らしい少年のように見えた。その姿を一瞥した後、ぼくは服を着て、彼女の部屋を出た。それ以来、その人には会っていない。

ぼくが引き取られた矢野家には、ぼくの他に子供が二人いた。ぼくより四つ上の息子の聖一と、今年高校に入学したばかりの妹の聖子だ。何も知らない友人は、どうして、おまえの名前は聖二じゃないわけ？　などと尋ねて、ぼくを苦笑させる。ほら、おれだけ聖人じゃないから、などと冗談めかして言うものの、聖なんて字の付かない名前で本当に良かったと思う。まるで、あらかじめ親に何かを託されているみたいじゃないか。

けれども伯父夫婦は、まるで、ぼくを聖二であるかのように扱った。つまり、実の二人の子供と同じように、ぼくに接した。家の中は、いつも暖く豊かだった。誰も、ぼくの母のことを口にしなかった。もっとも、妹の聖子は、ぼくがどういう事情でこの家の息子になったかすら知らなかったのだが。

ぼくも母について尋ねることはなかった。この家に足を踏み入れた時から、そうだったと思う。無理している訳ではなかった。母の死を引き摺るには、ぼくは幼な過ぎたし、そして、この家は快適過ぎた。もちろん、母のことは事実として、ぼくの記憶に刻まれている。それ以上でも、それ以下でもない。ただ時折、母を憐れだと思う。母の葬式で、初めて会った伯父は、ぼくを抱き締めて泣いた。久し振りに再会した妹が、もう何も語らない姿になっていたことは、彼の度を失わせていた。自分のために号泣する人間がいたのを母は知っていただろうか。知らなかったらいいな、とぼくは思った。若い時に家を出たきり会わなかった兄が、そのように妹を思い続けていたなど知っていたら、母は、もっと苦しんだことだろう。

ぼくは、母に感謝してもいる。彼女は、死ぬことによって、ぼくに、その先の指針のようなものを与えてくれた。人に必要とされてしまったら、死ぬ自由すら手に入れることが出来ないのを教えてくれた。そして、ある人間を必要としてしまったら、その人の自由を奪ってしまうことも。ぼくは、生きるのが楽だと思いたい。記憶は溜って行くが、そこに何の不純物も付随させたくないのだ。

五歳のぼくに必要だったのは、居場所だった。飢えや苛めなどによって惨めになったりしないような場所。ここでも、ぼくは母に感謝する。ぼくは幸運だった。母と暮らしていた頃よりも、はるかに裕福な生活を与えられたのだ。ぼくは、もう、ひとりでアパートの鍵を開けて、何日も前に焼かれた乾いた菓子パンを食べる必要がなかった。学校から戻ると、そこには伯母の手作りのおやつが待ち受けていた。それを子供たち三人で食べた。どれもおいしかったが、とりわけ皆の好物はシュークリームだった。夢中になって食べていると、聖一が自分の分をぼくの皿に載せた。彼は、ぼくに特別な労られる理由があるのを知っていたのだろう。ぼくは、当然のように、その親切に甘んじた。遠慮しないことで、本物の兄弟になる提案を、ぼくの方から持ちかけたのだ。彼は、恥しそうに笑った。その横で、まだ赤ん坊の聖子が、カスタードクリームで周囲をひどい状況にしていた。甘い匂い。家族を愛するということは、実は、この匂いを愛することの錯覚ではないのか。

やがて、聖一は、おやつのテーブルには着かなくなった。子供ではなくなったのだ。ぼくや聖子と過ごすよりも友達と出歩く方が多くなった。妹のお守をする弟が出来て喜んでいるようだった。ぼくも、聖子と遊んでやることに異存はなかった。小さな女の子は、まるで物珍しい動物のように思えて、いつもぼくの好奇心をそそっていた。

聖子は、ぼくを「トキ兄」と呼んだ。幼ない頃は、いつも、ぼくの後を付いて来た。そして、ぼくの言うことを聞く。駄々をこねて、伯母の手に負えないような時でも、ぼくがなだめると泣き止んだ。伯母は、笑いながら、ぼくを聖子係と呼んだ。ベイビーシッターの役割を得て、ぼくは気を楽にした。まるで、この家に入り込む権利を手にしたように感じたのだ。

「トキ兄の一番好きな人はだあれ？」

「おれは自分が一番好き」

「何それー、聖子って言ってくれると思ったのに」

「聖子の一番好きな人は？」

「トキ兄」

「そんなこと言っちゃ駄目だよ」

「じゃあ何て言えばいいの？」

「自分」

聖子は、不思議そうにぼくを見た。ぼくは、彼女の柔かなくせ毛を指でかき回しながら言った。

「私は自分が一番好き、そう言ってごらん」

「聖子は自分が一番好き」

「良く出来ました」

ぼくたちは、この会話をくり返して大きくなった。やがて、このやりとりが口に出されなくなった頃、ぼくたちは、本当に自分自身が一番好きになった。そして、そのことを互いに了解していた。

「私とトキ兄は似ているの」

この聖子の言葉に伯父は目を細めた。本当の兄妹になってくれたのだ、と安堵しているのが解った。彼の努力の甲斐は、まったく別方向に行ってしまったというのに。

「ねえ、パパ、夏休み、ひとりで旅行して来ていい？」

聖子が高校に入って、しばらくたった日の夜のことだ。聖一を抜かした全員が、夕食のテーブルに着いていた。伯父は、即座に聖子の願いを却下した。

「高校入ったばかりで何を言ってるんだ。早過ぎるよ。女の子のひとり旅なんて」

「国内だよ」

「だーめ」

「可愛い娘には旅をさせろって言うじゃん。そうでしょ？　トキ兄」

ぼくは笑いながら返した。

「誰が可愛いって？」

聖子は拗ねて横を向いた。外見に限って言えば、彼女のことは、誰もが可愛いと言わざるを得ないだろう。けれど、自分を一番好きと自覚する人間は、可愛気からは最も遠いところにいる。

「あ、じゃあトキ兄に付いて来てもらう」

聖子が、思いついたように言った。伯父が困ったように、ぼくを見た。

「おれ、バイトあるから駄目だよ」

「バイトったって家庭教師でしょ？　どうにでもなるじゃん。どうせ、くそ生意気な女子高生と若い男に飢えてる誰かの奥さん相手にするだけでしょ？」

「聖子ちゃん、そういう言い方、ママ大嫌いよ！」

伯母がたまりかねたようにたしなめた。ぼくは一向に意に介さずに箸を口に運び続けた。当たっていなくもないなあ、と感じた。聖子は、ぼくに無視されたことに苛立ったようだった。

「バイトなんて嘘よ。彼女が出来たから忙しいんだわ。私、見ちゃったもん。この間、三宿のカフェで楽しそうにしてた」

麻子のことを言っているのか、とぼくは思った。

「確かに女の子といたけど友達だよ」

と言いながら、彼女は友達というのとは少し違っているな、と思った。ぼくにとって、友達というのは、物事をスムーズに進ませる人材に限られている。それを思うと、麻子は、ぼくに引っ掛かり過ぎている。彼女は、ぼくのまわりで、唯一、ぼくを評価しない人間だ。そのため、ぼくは、彼女と一緒にいてくつろぐことが出来る。二人で時間を過ごしていると、ぼくは、ぺらぺらと喋る。時に喋り過ぎてしまう。

「仕様がないよ。私も、トキのセラピストだって自負してる部分あるし」

と、こんなことを言う。きっと、そうなんだろう。王様の耳はロバの耳、と穴を掘って言い続けた奴の話があったが、誰だってどこかでそう言わざるを得ないものだ。

「私は、誰かに必要とされなきゃ生きて行けない。トキとは、だから正反対の人間だね。あんたはひねくれてる。必要とされるって、めちゃめちゃ快感じゃん」

「ひねくれてて悪かったな。だったら、おれの相手なんかしてないで、ボランティア活動でもしに行けよ」

「嫌だ。このコーヒーは、今、私に飲まれることを必要としている」

聖子が見たのは、そんなやり取りをしながら笑い合っていた時のことだろう。

「トキ兄のああいう顔って初めて見た。本当に好きなのね」

「時紀だって聖子のお守ばかりしている訳には行かないだろう」

伯父の言葉に、不貞腐れたような素振りを見せて、聖子は、ごちそうさまと言い残して、二階にある彼女の部屋に行ってしまった。

「仕様がない奴だなあ。わがまま娘に育っちゃって」

伯父は、そう言いながらも、可愛いくてたまらない、というように微笑んだ。夏休みの旅行には付いて行くことになりそうだ、とぼくは予感した。

食事を終えて自分の部屋に戻ると、聖子がいた。彼女は、時折、ことわりもなく勝手にぼくの部屋に入り込んで来る。彼女に、ぼくに対する礼儀というものはない。今も、人のベッドの上で足を伸ばしてくつろいでいる。

ぼくは、ターンテーブルの上にレコードを載せた。ＤＪの友人から譲り受けたものだ。

「なーんか暗い曲」

「アート・オブ・ノイズだよ。すごい古い曲。今となっては稀少価値」

「こういう曲を聴きながらするんだ」

「何を」

聖子は、しばらくの間、黙ってぼくを見詰めていた。ふわふわした長い髪を三つ編みにしてたらしているので、まるで幼ない少女のように見える。瞳に浮かぶ傲慢な色さえなければ、美少女と呼びたいところだが。

「あの女ともうしたの？」

「してないよ。彼女とは、これからもしない。彼女は、ぼくにそんなことは求めてないし、こっちもそう。だからつき合える。おれもあいつも、お互いを全然好きじゃない。そこが気に入ってる」

「じゃ誰と寝てんの？」

ぼくは、この間自分に合鍵まで渡した女のことを思い出した。他人の部屋に入りたいと、何故ぼくが願うと思ったのだろう。ひとりで彼女の部屋に入って何をしていろというのか。おずおずと仕掛けられたセックスへの誘いが垣間見える部屋。いたいけな感じがした。冷蔵庫には、ぼくの好きな種類のビールがいつも冷えていた。ベッドサイドには、アロマテラピーのポットがあり、セックスの前に、彼女は、いつも小さなランプに火を点けた。セックスのための演出は、どれもどうしてこんなにも貧乏臭いのだろう。ぼくは、彼女とだったら、ガレージに停めた車のボンネットの上でしても満足だったのに。

合鍵を手にしたぼくは、そのまま円山町のクラブに行き、顔見知りの悪ガキたちにそれを渡し、彼女の部屋の場所を教えた。いつでもやらしてくれるってよ、と思いがけない親切を受けたかのように言った。その後、ひとりで渋谷の街を歩きながら、食べ終えてしまったひとつの幸福の味を反芻した。

「トキ兄のことすごく素敵だって、私の友達が言ってたよ。だから、本性ばらしといたよ」

「何だよ、本性って」

「誰とでも寝る男だって」

ぼくは吹き出した。

「止めろよ、そんなこと言うの。おれ、相当好みうるさいよ」

「たとえば？」

「髪が長くって、目がぱっちりしてて、スタイルの良い女」

「それは、嘘」

聖子は、嘲けるような微笑を浮かべた。ぼくは、肩をすくめて言った。

「ま、嘘だな」

「トキ兄は、自分のことなんか欲しがらない人がいいんだよ。私みたいにさ。聖子のこと部屋に入れてくれんのもそういうことでしょ?」

聖子は、ベッドに腹ばいになり頬杖をついた。そうかもしれない、とぼくは思った。ぼくは、自分の居場所に侵入して来ようとする奴に我慢が出来ない。この生意気な小動物を除いては。

「ねえねえ、たいていの子は、高一の夏休みに初めてエッチしちゃうんだって。そうなの?」

「エッチなんて言葉使うなよ、品のない」

「セックスだと品あるの?」

「それは生物としての営みですから」

「解りました、先生。で、問題はねえ、こういうことなの。ほら、良く大人が、一番好きで大切に思う人とセックスしなさいって言うじゃん。でも、それに従おうとすると、聖子は、自分とセックスしなきゃいけなくなっちゃうじゃない？　この問題、どうやったら解決出来んの？　先生」

「そうだなあ」ぼくは、聖子の頭を撫でながら言った。

「自分が一番好きだと確認するために男と寝てみれば？　それって、自分としてることになるんじゃない？」

「ふうん。おもしろいアイディアだね」

アイディア、か。そう言えば、ぼくは、これまで聖子に沢山のアイディアを与えて来た。それらが彼女の内側で、どんなふうに消化されているかは解らない。ただ、ぼくに近付きつつあるのは確かだ。やっぱり、ぼくだって、ひとりより二人がいい。似た者が側にいるのは安心出来る。歪んだ鏡を覗くように、ぼくは聖子を見る。歪みというには、あまりにも美しかったが。

「トキ兄、聖子にキスして」

ぼくは言われたままに、彼女の頭を引き寄せて、そうした。しばらくの間、ぼくたちは互いの唇の味と感触を楽しんだ。

「私、トキ兄とキスするの大好き。自分が、一番ラブリーな顔をしてるのが解るから」
彼女は、息のかかる位置で、そう言った。ぼくは、苦笑しながら、早く部屋に戻って寝るようにと彼女を促した。大人しく彼女は出て行き、ぼくは、ひとり残された。音楽が急に大きく聞こえた。こういう曲を聴きながらするんだ？　アート・オブ・ノイズ。まさか。セックスはアートなんかじゃない。ただのノイズの御馳走だ。

麻子は髪を短く刈り上げていて、まるで少年のように見える。黒縁の目鏡は、彼女にモード好きのスタイリッシュな雰囲気を与えていたが、同時に性的なニュアンスを奪っていた。そのせいか、周囲の男子学生たちは、余計な気づかいをすることなしに、彼女に慣れ親しんでいた。ぼくも彼女も人当たりが良かった。友人たちは、ぼくたち二人が一緒にいるのを見かけると、とりあえず話しかけておかなくては、とばかりに側に寄って来た。ぼくたちは、そこにあるだけで人に小さな散財をさせるキオスクみたいだった。口寂しい時に、ちょうどガムが二つ並んでいた幸運を喜んで、人々は、ぼくたちに声をかけた。ささやか過ぎる幸運ではあるが、一日分の安心を得るためにそれは有効だ。

ぼくたちは、二つのガム。確かにそう見えたかもしれない。けれども、同じように見えて、それらの味は、まるで違っている。麻子は嚙み捨てられることを望んでいなかった。そして、ぼくは、買ったことすら忘れられてもかまわなかった。正反対のものが、ほとんど同じに見えるのは、いったい、どういう訳だろう。

その日も麻子と二人で大学の構内を歩いていた。すると、一年生の女の子が駆け寄って来て、つき合ってる人いるんですか、と尋ねた。唐突な質問にひどく面くらったというように、ぼくは驚いた表情を浮かべた。麻子は笑いをこらえて、ぼくを見た後に言った。

「私だったら違うからね」

女の子は、そんなことは知っていると言わんばかりに麻子を一瞥した後、もう一度、ぼくに同じ質問をした。

「そういう質問に慣れてないから、ごめんね」

少しも不愉快ではないけど、と笑顔で証明しながら謝った。女の子は、今度飲みに行きましょうと言い残して立ち去った。離れたところでその子の仲間が待っていた。

「誰が慣れてないって？　トキ、あんたって本当に嫌な男だね」

麻子が呆れたように言った。

「いやあ、いつまでたっても、慣れなくってねえ、ああいうブスには」

「結構、可愛い娘だったじゃない」

「あの程度で自分を可愛いと思う、その美意識のなさが可愛いくないね。飲みに行ってどうするんだよ。カラオケでもやんの？　ど素人の歌にうんざりして、矢野先輩のり悪ーいとか言われて、そんなことないよーと言い訳しながらラブホテル？　あんなブスとラブホ行くくらいなら、おれ死んだ方がまし」

麻子は、溜息をついた。

「どうして、こんなにも性格悪いかなあ。良い人に見えるから余計にたち悪いよね。あんたの根性の悪さを私しか知らないって、ほんと、悲劇」

「そう、おれ悲劇の主人公なの。でも、本当の悲劇って、ほとんど喜劇と似てない？　見てみたいなあ、その接点。いつになったら、そこに遭遇出来るのかなあ」

ぼくたちは、駅の改札を抜けて井の頭線のホームに向かった。これから、演劇科の共通の友人の芝居を見せられるのだ。二人共、少しも気のりしていないというのに。

「この間、私が電車待ってた同じホームから、男の人が線路に飛び込んだ。離れてたから見えなかったんだけどさ、ここのどこかに喜劇の要素なんてあるって、トキは思うわけ？」

「直接見なかったんだろう？　きっちり目撃してたら？　ちょっと興奮しない？　携帯で誰かに連絡したくなんない？　自分と関係ないってことで、安心しない？　安心したら次の日から、それは笑い話に変わってくよ。喜劇は作られて行くもの。悲劇はアクシデント。でも、おれは、それだけじゃ嫌だ」

麻子は、ぼくの言葉を遮ろうと何かを言いかけたが口をつぐんだ。彼女は、何のてらいもない率直な言葉をぶつけて来る人間ではあったが、口に出さないことの選択眼にも長けていた。彼女は、ぼくの母に関するいくつかの事柄を知っていた。その内のひとつと、今のぼくの言葉を一瞬結び付けようとしたのだろう。でも、ぼくは、そんなことはさせない。

「おれの性格が悪いって言ったじゃん。それは、たぶん母親の男だった奴のＤＮＡを受け継いでいるからだと思うんだ。そう思って、麻子、おれを許してくれ。いや、許して下さい」

「嫌だ」

麻子は笑いながら言った。

「遺伝子を組み換えても、あんたは、きっとそういう奴のままだ」

「それって真理かも」

ぼくは、そういう奴である自分が気に入っている。気に入ったまま時は流れて、やがて死ぬ。電車に飛び込むなんて、何というはた迷惑。でも、他人の迷惑より自分を優先した男。貫き通した彼の魂を誉めてやろうか。やなこった。他人の悲劇は、ぼくにとってのそれじゃない。ぼくは、気に入りの悲劇も喜劇も自分で作る。そして、墓の下で、それらをもう一度楽しむ。永遠に飽きることのないように、何度も脚本に手を入れながら。天国でのロングランのために、ぼくは、今、生きている。そこが地獄であったなら？　自らをマゾヒストに改良するだけだ。

下北沢の小劇場で上演された芝居は退屈極まりないものだった。役者たちは、皆、ぼくには意味不明の観念的な台詞を喋っていた。彼らが走り回るたびに舞台の上に汗が飛び散るのが見えた。可哀相に、と思った。汗のひと粒程も現実味の感じられない物語をこんなにも真剣に演じている。

ぼくは、横目で麻子を盗み見た。驚いたことに、彼女はくいいるように舞台を見詰めている。ぼくは、肘でつ突いた。

「つまんなくない？」

麻子は、人差し指を唇に当てて、ぼくを黙らせた。ぼくは、溜息をつき、再び舞台に目をやるしかなかった。だらしなく椅子の背に寄りかかると、麻子の首筋が後ろから見えた。案外細いんだなあ、と思った。男の手が、そこに当てられたことなんてあるんだろうか。もしも、まだないのだとしたら、この先そうする男には優しくそうして欲しい、と思う。彼女は傷付けられる存在であってはならない。彼女に思いやりを持っている訳じゃない。でも、ぼくは、彼女が、ぼくを見届けてくれる唯一の人のように感じるのだ。何の感情も混じえずに。

舞台では、役者が熱弁をふるっていた。

「私たちの前世は！」と、彼は叫んだ。前世って何のことだ。ぼくの胸はむかついた。こんな脚本を書いた友人を腹立たしく感じた。時折、意味のないジョークがはさまれ、観客は、反応しなくては元が取れない、というようにおざなりに笑った。こんな形でしか自分の世界を提示出来ない友人は、それこそ前世の報いを受けているのではないか。前世なんて言い訳の用語。それを必要とする者にだけ姿を現わす。

「情状酌量の余地がないと言うのですか⁉」女優が言った。その台詞で、どうやら犯罪を扱った芝居らしいのが、ぼくにも解って来た。どうやら世の中は、情状酌量だけで成り立っているらしい。きっと、そうなのだろう。電車に飛び込んだ男にもそれがあるのだろう。でも、ぼくには、電車の遅れを気にすることしか出来ない。

女優の金切り声を聞いていたら、本当に胃が重苦しくなって来た。昼に食べたサンドウィッチの玉子が腐っていたのかもしれない。憎いと思った。玉子も、女優もだ。急激に吐き気が襲って来た。麻子が、ぼくの異変に気付き、腕をつかんで外に出ようと促した。が、遅かった。ぼくは、大量のげろを客席にまき散らし始めた。周囲の人々は、一斉に立ち上がり劇場の外へと向かった。恐慌を来たした観客たちに対してなす術もなく、役者は舞台に立ち尽くした。

麻子は、吐き続けるぼくを抱きかかえるようにして連れ出した。ぼくたちは、劇場の外に出てからも走った。踏み切りを渡り、背後に遮断機の落ちる音を聞いて、ようやくぼくたちは立ち止まった。あたりは、すっかり暗くなっていた。

二人は、しばらくの間、息を切らせていた。やがて、ぼくは、あまりにも愉快な気分になり笑い出した。体を二つに折って笑い続けるぼくを、麻子は呆れたように見詰めた。

「どうしたっていうの？」

「昼飯にあたった」

「大丈夫？」

「うん。すっきりした。坂元の奴、芝居だいなしにしたの、おれだって気が付いたかな」

ぼくは、劇団の主宰者の名を言った。

「さあ。暗い内に、大急ぎで出て来たから誰だかは解んなかったと思うけど」

「良かった。でも、あんなひどい芝居に呼ぶ方が悪いんだぜ」

麻子は訝し気に、ぼくをうかがった。

「まさか、わざと吐いたんじゃないでしょうね。芝居が気に入らなかったからって」

「そんなこと出来る訳ねえじゃん。いくら性格悪くても体まではコントロール出来ないよ、おれだって」

「……トキならやりそうだもん」

言って自分でおかしくなったのか、麻子は吹き出した。ひとしきり笑った後、彼女は言った。

「でも、実は、私もつまんないと思ってたけど、義理で席立てなかったんだ。ほんの少しだけ、トキに感謝してる」

「これから渋谷に出て酒飲まない？」

「その格好で？」

麻子は、ぼくの全身を困ったようにながめた。あちこちに、げろの染みが付いていた。

「送ってくわよ、食中毒だもん。トキんち、こっからそんなに遠くないでしょ。とりあえず着替えた方がいいよ。タクシー拾おう。あんたひとりじゃ乗せてくれないでしょ」

早い時間の酔っ払いの学生と思われたぼくたちは、何台かの乗車拒否に遭いながら、ようやく車に乗り込み、ぼくの家に向かった。

玄関で、珍しく早く帰宅していた聖一が、ぼくの姿を見て顔をしかめた。麻子が、ばつの悪そうな表情を浮かべて、玉子が悪かったらしくて、と言い訳した。

まさか、この時の出会いが、麻子と聖一を結び付けるとは、ぼくは思ってもみなかった。麻子の口から、そのことを聞かされた時、ぼくは、一瞬言葉を失った。思いがけなかったから、というよりも、聖一のセンスに感心したのだ。彼には常に恋人がいるようだったが、家族に紹介することはなかった。だから、彼が女に対して、どのような好みを持っているのか知らなかった。また、少なからぬ時を共有して来た麻子が、どのような男を選ぼうとするのか予想することもなかった。ぼくたちは、性について話したけれども、その会話から恋愛は抜け落ちていた。

そして、今でも抜け落ちている。麻子は、聖一との交際について事細かに語ることはなかった。それまでと同じように、ぼくに話しかけ、時折、小休止のように聖一の名前を口にするだけだった。この間、どこそこに行って楽しかった。一緒に何々を食べておいしかった。まるで、小学生が提出する連絡帳のようだった。わざと素っ気なく報告しているのではないらしかった。彼女は、ただ事実を述べている。ぼくも、それ以上のことを知ろうとは思わなかった。必要とされるのは快感、と前に彼女は言った。聖一は、きっとその快感を彼女に与えているのだろう。

土曜日の夕方、バイトから戻ると、聖子がぼくの部屋にいて、勝手にレコードを物色していた。

「部屋に入るのは良いけど、勝手におれのコレクションに触らないように。そっちにあるCD聴けよ」

「だって、トキ兄のお宝、チェックしたかったんだもん。レコードジャケットって素敵だね。一枚の絵って感じ。この女の人、誰？」

「マリアンヌ・フェイスフル」

「手紙入ってたよ。日付け見ると、トキ兄、高校ん時じゃない？　ラブレターだよね、これ」

ぼくは、聖子の手から紙切れを奪い取った。見ると、そこには、好きなもののリストがあった。すっかり忘れていたそれの作成者の顔を思い出した。教室の片隅で、いつも本を読んでいた女の子。群れていないそのたたずまいが、ぼくの気をそそった。彼女は、リストを作るのが好きだった。美しいもの、憧れるもの、近付きたいもの、好きなもの。しろたえのシュークリーム、ニュートロジーナの石鹼、岡田史子の漫画、カルピスのバター、ジョアンナ・シムカス、マンディアルグの「オートバイ」とフィリップ・ロスの「さようならコロンバス」。彼女の趣味が好きだった。それが、ぼくのリストの一番目だった。彼女が、自分のリストに、ぼくの名前を加えるまでは。

「この人と、どうなったの?」

「自然消滅」

「ほんとかなあ。マイフェイバリットの中に、トキ兄の名前書いて、こんなとこにはさんどく人が、自然に離れて行ったりするのかなあ」

ある時から、ぼくは、完全に彼女を無視した。クラスの全員が、二人のつき合いを知っていたから、初めの内は、皆、ぼくの態度を訝しがった。けれども、しばらくすると、誰の口にものぼらなくなった。元々、彼女は、クラスメートの話題になるような人ではなかった。

たまに、ぼくは、彼女の物言いた気な視線にぶつかることがあった。そんな時は、ことさら快活を装って友人たちと騒いだ。やがて、彼女は、ぼくを見ることもなくなった。彼女が、ぼくのことで涙を流したかどうかは知らない。「オートバイ」のように劇的でもなく、「さようならコロンバス」のように感傷的でもなかった関係の終わりに、それを知る必要はない。

「その人、妊娠してたんじゃないの？」

もう一度紙切れを手にした聖子が尋ねた。

「嘘だろ？　何でだよ」

「だって、一番最後に、あなたからもらって私が殺したものって、あるよ」

「たとえ、だよ」

彼女が何かを殺したのなら、ぼくにだって殺さざるを得ないものがあった。同じものを殺す共犯者になれなかったことが別れを導いたのだ。ぼくは、わざわざレコードジャケットにそんな紙切れをはさんだ彼女を少し憎んだ。

「古臭い女」

ぼくは、そうぽつりと呟いた聖子に目で問いかけた。

「だって、これ見ると、昔のものばっかり好きじゃない。今でもＯＫなのって、トキ兄だけだよ」

聖子は、紙切れを放った。ぼくは、それを拾い上げ、もう一度見た。なるほど。確かに、ぼくたちの時代のものは少ないけれど、今も大切にされるべきものばかり。現に、聖子ですら、このほとんどを知っている。だから古いと言えるのだ。

「シックなものばかりだと、おれは思うけど。そうじゃないのは、おれと、彼女が殺したらしい何かだけかもよ」

「私には、その二つが、一番シックに思えるよ」

「何を言ってんだか」

いつくしむものを丁寧に選んでいた女の子だった。流行のものには、あまり興味を持たずに、どこからか古い時代の宝物を見つけ出して来て、ぼくに教えた。お姉さんの影響よ、と言っていたけれども、彼女の姉は、ぼくの知る限り少しもシックな女ではなかった。だから好きだった。寝た。その時、妹は、ぼくの過去になり、フィリップ・ロスは、ようやくシックになった。

「そう言えば、今日、セイ兄が彼女連れて来たよ。可哀相に、トキ兄、聖一みたいなださい奴に女盗られちゃってさ」

「だから、そんなんじゃないって言ってただろ。へえ、でも、聖一兄さん、麻子に本気なんだなあ」

「男の子みたいな人だね、麻子さんて。感じ良かったけど。私にべたべたするような人でなくて良かった。いたんだよね、セイ兄の恋人でもなかったくせに、私に猫撫で声出してた女の友達。ほら、セイ兄って、あれでももてるから」

「兄には、もっと敬意を払うように」

聖子は、笑いながら、ぼくの頬に口づけて、はい、お兄さま、と言った。そして、そのまま抱き付いて、肩に手を回わした。

「トキ兄には払っているよ、敬意。だって、セイ兄と全然違うもん」

ぼくの耳に息が吹きかかるのを感じた。聖子は囁いた。

「私、トキ兄が、ここのおうちの本当の子じゃないのを知ってるよ」

ぼくは、その言葉に何も返さずに、レコードを選んでいた。けれども、聖子の体の重みで、なかなか思うようにならなかった。

「私の嫌いなもののリストに載せたくなった」

「そりゃ結構」

ぼくは、聖子の両腕をつかんで、体を離した。彼女は、悪戯を仕掛ける前の子供のような目をして、ぼくを見た。

「本当に嫌いだもん。トキ兄は、聖子を出し抜こうとするから」

「何だ、それ」

ぼくは、ようやくかけたいレコードを捜し出し、ジャケットを手に取った。

「それにも手紙入ってるかもしれないよ。好きなもののメニューに見せかけたラブレター」

ぼくは、吹き出して聖子の頭をこ突いた。馬鹿だなあ。ブーツィ・コリンズの中で、女が愛の告白をする訳がないじゃないか。


麻子は、聖一に連れられて、たびたび矢野家を訪れるようになった。兄の恋人として会う彼女は、別人のように感じられた。ぼくに対する物言いも態度も大学で会う時と何ら変わりはなかったけれども、口に出せない何かが、彼女を支配しているように思えた。ぼくの家で、彼女の耳朶は、いつも赤かった。彼女は、恥しいものを隠し持った人になったのだ。

聖一の部屋を通り過ぎる時、二人の話し声や忍び笑いを耳にする。ぼくの聞いたことのない彼女の声。そう言えば、聖一がそんなふうに話すのも、ぼくは聞いたことがなかった、と思いつく。二人は、互いの呼吸で新しい景色を織り上げて、他の人々に見せている。それは控え目であるが故に、抑えてもこぼれ落ちる色を、より鮮明に人の目に映す。あたりが濡れて来た。ぼくは、二人の気配を感じると、そんなふうに思う。彼らは、降り出した雨のように空気に湿り気を与えるのだ。

ある夜、珍しく聖一が、ぼくの部屋のドアをノックして顔を出した。ぼくは、ヘッドフォンを外して目で問いかけた。

「ちょっといいかな」

「いいかなって、もう入って来てるくせに。何なの？　改まっちゃって。麻子のこと？」

「うーん、まあ」

ぼくは吹き出した。女のことで困惑している様子なんて、まったく聖一には似合わない。彼は、自信と謙虚を使いこなす術をあらかじめ手にした選ばれた人のように、ぼくには思えていた。その男が、今、口ごもっている。

「何かあったの？　彼女と」

「いや、そうじゃなくて。実は、その、彼女と結婚したいと思うんだけどどうかな」

ぼくは、呆気に取られて、聖一の顔を見詰めた。

「嘘だろー？　まだ会ったばっかりじゃん」

「別に長くつき合ったからいいってもんでもないだろう」

「そうだけどさ、何で、また急に」

「直感」

聖一は、麻子が、いかに素晴しい女性で、どんなに自分に必要であるかを話し始めた。最初は、興味深く聞いていたぼくも、次第にうんざりして来た。彼の話は、彼女との精神的なつながりの重要さに終始していて、そこには、肉体がなかった。具体性がなさ過ぎて、ぼくには、ゴシップにもなりゃしない。

「それで、セイ兄、彼女と寝たの？」

言った途端、まるで聖子みたいな話し方をしている自分がおかしくなった。

「まさか、まだやってないのに結婚したいとか言ってるんじゃないだろうな」

からかうように尋ねたぼくの顔を、聖一は、憮然としたように見た。

「時紀は、どうなんだ」

そういうことか、と思った。意外な質問とは思わなかった。自分の女がいかに素晴しいかを語る兄よりは、ずっとましな男に見えた。彼は、ぼくと麻子の間に何かあったのではないかと疑っていたのだ。

「勘弁してくれよ。確かにあいつとは仲良いよ。大学でもいつも一緒にいる。でも、おれたちは誰にも恋人同士だと思われたことがない」

聖一は溜息をついた。安堵しているというより何だかつらそうに見えた。

「時紀、ぼくは違うんだ。どんな女といても、寝てるんだろうと思われる。どうせ、そう思われるんだから、と結局寝てしまう。麻子には、そうしちゃいけないって初めて思った」

「我慢するって快感？」

「え？」聖一は、意表をつかれた、というように顔を上げた。

「麻子が何を快感と思うか教えてやろうか」

二人の間に沈黙が漂った。聖一の情けない表情を認めて、ぼくは不思議な気分になった。こいつ、ぼくより四年分余計に生きて来て、その間、何をやってたんだ。

「冗談だよ。セイ兄、女って、大事にされることばかりを求めてる訳じゃないんだぜ」

「……知ってるよ、そんなの」

「知らないね。セイ兄は、色んなものを大事にして来た。それが当り前のことのようにそうして来た。おれと麻子が前につき合ってたとしたら、今、何て言うつもりだったわけ？」

「おまえに嫌な思いさせたくなかったんだよ。だから確認したかったんだ。麻子が、おまえについて話す時、いつも、ぼくの知らない男と女の関わりがあるんだなあって思ってた。彼女は、おまえに関して、誰よりも詳しい。そんな感じがした」

当り前だ。ぼくに関して詳しいのは彼女だけだ。けれども、それは、彼女がぼくを知っているのとは違う。彼女は、ぼくを知ろうと思わないからこそ、詳しくなれるのだ。ただぼくがそこにいるということに関して。

「セイ兄、気をつかい過ぎなんだよ。昔からそうじゃん。おれ、麻子とは本当に何もないよ。あいつのこと、気に入ってるけどさ、悪いけど、おれの姉ちゃんになるのは、まだ待ってくれって感じ」

聖一は、気を楽にしたように、今度は会社の人間関係について話し始めた。社会人は甘くない、とか何とか。ぼくは、話を聞きながら思っていた。あんたのその思いやりみたいなものって何とかならないのかな。

夜更けになり、聖一は、自分の部屋に引きあげた。話せて良かったよ、と言い残した彼の背中に、ぼくは、声に出さずに心の中で呟いた。くれよ。昔、おやつもくれただろ。

親愛なる聖一兄さん。あなたは、小さな頃から、いつも、ぼくの味方であろうとしてくれた。伯父と伯母は、悪戯をしたぼくを、それが愛情の証明であるかのように叱った。そんな時、あなたは、ぼくを庇った。パパもママもひどいよ。そんなに叱ったら、せっかくやって来た弟が、どこかに行っちゃうじゃないか。そう言って泣いた。でも、ぼくは、どこにも行かない。行けなかったのだ。あなたは、ぼくをやんちゃに可愛いがった。男の子の遊びというものを教えたがった。外で走り回わり、泥だらけになる。マウンテンバイクで遠出し、行ったことのない川辺りで冒険する。原始的な遊び。ぼくたちは、夕食の時間に遅れ、今度は、二人一緒に叱られた。あなたは、伯母の小言を受け流して、ぼくに目配せを送った。男同士の暗黙の了解をぼくに強要した。ママになんか、ぼくたちの楽しみは解りっこないよ。そういう視線。嬉しそうだった。あなたは、その時代、既に、自然児として振る舞うことが本当に育ちの良い者にしか与えられない特権であるのを知らなかった。そうだ。あなたは、いつも何も知らない。だからこそ、今でも、ぼくの親愛なる人なのだ。

ぼくは、麻子を見る時、そこに聖一の影がまとわり付いていないか捜すようになった。それまでより長く視線を当てるようになったぼくを、彼女は訝しがった。

「私の顔に何か付いてる?」

「別に」

実際、ぼくと二人きりで向かい合う時の麻子のたたずまいは、前と何ら変わりはなかった。

「相変わらず色気ないなって思ってさ。セイ兄、もっと仕事しろよって感じ」

「何なのよ、その仕事って」

「恋は、女を美しくする、とか言うじゃん。セイ兄に変えられた麻子のこと、見てみたい気がする」

「本当にそう思ってんの?」

「思ってません」

麻子は大声で笑い出した。のけぞった顎が細かった。聖一は、これを上から見下ろしてみたいとは思わないのだろうか。

「トキと聖一さんは、まるで違うね。本当に同じ家で育って来たのかなって思っちゃう。でも、トキと聖子ちゃんは、すごく似てる気がする。本物の兄妹じゃないって本当かなって、疑っちゃう。何が人を作って行くのかって、近頃、考えちゃうよ」

「あ、そんな。おれの暗い過去をほじくり返して」

「暗くないよ」

麻子は、覚え始めたばかりの煙草のけむりを、ぼくに吹きかけた。確か、聖一は、煙草が大嫌いだった筈だが。そう言えば、二人がつき合い始めてから、彼女は、煙草をくわえるようになった。

「解んないの。何か落ち着くものが欲しいなっと思った時に、側にあったの。聖一さんは何も言わないよ。それどころか、火を点けてくれることもある」

「よっぽど、麻子のこと好きなんだなあ」

「そういうのとも違うような気がする。あの人、私を全部受け入れようと一所懸命になってるんだと思う。すごく感謝してる。だから、私も、あの人を受け入れたいと思ってる」

そういう人だ。彼は、ぼくのことも受け入れようと努力してくれた。

「あの人って、実は、本当に人に受け入れられたこと、ないんじゃないのかなあ」

「そそる？」

「そそられるね。意欲湧く。でも、そう感じる自分にとまどってるのよ。私、彼の前で、ものすごく恥しい人間になってると思う。この人のために、強烈に何かしてあげたいって思うのって、恥しいじゃない？　身の程を知れとか、自分に突っ込んだりしなきゃやってらんない。トキといて楽なのは、恥しくなる必要がないから。あんたは、あらかじめ恥を拒否した稀な人」

「でも」と、彼女は、思いついたように付け加えた。

「やっぱり、あんたは、暗くない」

彼女のけむりが目に痛い。聖一は、良く我慢しているものだ。ぼくは、煙草が好きになれない。それを吸う彼女も好きになれない。けれども、ぼくは、彼女のような弟が、とても、欲しい。

新宿の地下駐車場で開かれたファッションショウを見に行った時のことだ。洋服のコレクションに普段は興味を持たないぼくだが、その日は、知り合いのＤＪが音楽を担当することになっていた。急ごしらえのブースの中で神妙な顔をしている彼に挨拶をすると、ヘッドフォンを顎の下にはさんだまま、目でぼくを促した。彼の視線の先には、聖子がいた。一緒に来た友人が、驚いたように言った。

「あれが矢野の妹？　噂どおり、すげえ可愛いじゃん」

「何してんだ、あいつ。ラッド・ミュージシャンの服なんか全然着ないくせに」

と、言った途端、聖子が興味を持っているのは、服ではなく、その服を着る男なのが解った。彼女は、男と手をつないで、一列に並べられた椅子の後ろに立っていた。男は、身をかがめて、常に彼女を気づかっているようだった。ぼくは、二人から見えない位置に移動して、ショウの始まりを待った。

照明が落とされて、音楽が始まると、二人の体が近付いた。聖子が、男を見上げて何かを言った。彼は、笑いながら、彼女に口づけた。彼女は、目を開けたまま、それを受け止めた。二人は、何度も同じことをくり返した。

ぼくは、腕組みをしながら、その様子をながめていた。ぼくは、おかしくなった。

行き来するモデルの間で、彼女は、自分もショウに参加しているような気分になっているに違いない。確かに二人はモデルたち以上に絵になっている。彼女は、唇を奪われた少女には見えない。むしろ、唇を奪わせる術を知り抜いた女に見える。人前でするキスの作法には、自分をそう見せる技術がいる。いったい、いつのまに、そんなものを身に付けたのか。

「妹のああいう現場見るって、どういう気分？」

友人が、困惑したように、ぼくの顔色をうかがった。

「別に。いいんじゃない？　ラッド・ミュージシャンの新作に囲まれて、ラッド・ミュージシャンの似合う男と、ラッド・ミュージシャンを引き立てる音楽に浸りながら、キスをくり返すなんて最高じゃん」

「矢野って、ほんと、変な奴。おれだったら怒り狂ってるね、今頃。可愛い妹に何すんだよーって感じで」

「聖子は、誰にも何にもされないよ」

友人は、言っている意味が解らない、というように肩をすくめた。解らなくて結構。ぼくは、彼女が、この場を使いこなしているというだけで満足なのだ。ランウェイに見立てた排水口の突き当たりで、立て続けにカメラのフラッシュがたかれている。それの届かない所で二人は抱き合っている。彼女は、男の首に腕を回わしているけれども、力は抜いている。脱力した腕に絡め取られて男は言いなりになっている。光と影のはざまを切り取るように、ぼくは両手の親指と人差し指を使って枠組みを作り、その中を見る。指の囲いの内側に、ぼくの妹はいる。彼女だけがいる。男の情熱を避けるように首を傾けた瞬間、ランウェイの向こうのぼくに気付いて笑い出す。闇に埋もれた観客の中で、彼女の長い髪だけが、光の反射を受けて金色に染まる。彼女は、ガレージの効用を知り尽くしているのだ。

付き添いのぼくと女友達ひとりの同行ということで、ようやく伯父から承諾を得た夏休みの旅行に、案の定、聖子は、ショウの最中に抱き合っていた男を連れて来た。彼は、ぼくを前に、非常に恐縮していた。きっと、聖子があることないことを吹き込んだのだろう。彼が、駅の売店で飲み物を買うために待ち合い室を出て行くやいなや、ぼくは聖子に腹立たしい口調で言った。

「あれが女友達?」

「女の子だとトキ兄と仲良くなっちゃうもん」

「どういう発想だよ、それ。何やってる奴なの？　おれより年下みたいだけど」

「ピザの宅配ボーイ」

「……。どうやって知り合うんだよ、そういう奴と」

「配達してくれた時に決まってるじゃない。ベジオールスターを頼んだのに肉入り持って来たから、電話してクレーム付けたんだよ。もちろん、彼が可愛くなかったら、そのまま肉入り、がんがん食べてたけど」

　ピザボーイのタケシが戻って来たので、ぼくたちは口をつぐみ、列車のコンパートメントに乗り込んだ。北に向かい、湖のほとりにあるホテルに宿泊する予定なのだ。聖子と彼女の女友達と信じられている人物のために伯父は、瀟洒なホテルを予約した。信じられない。これでは、ただのわがまま娘の旅行ではないか。決行する筈のひとり旅が、こういう結果になるのを当然予想していたかのように、聖子は満足気だった。

　コンパートメントの中で、三人は、ほとんど口をきかなかった。タケシが言葉少なだったのは、ぼくの前で緊張しているかららしかったし、ぼくは、二人の邪魔をしないように雑誌を読み耽っていた。聖子が口を開かない限りは、沈黙が続くというのに、彼女は、ただうっとりと窓の外を見ていた。タケシを気づかう様子など、まるでなかった。彼が手を握り恋人同士の雰囲気を必死にかもし出そうとしているのに。

日光駅からバスに乗り換え山の上に向かう間も、聖子があまりにも静かなので見ると、青い顔をしていた。尋ねると、バスに酔ったと言う。

「トキ兄の隣に移ってもいい？」

そう言って、ぼくの横に座わった途端、備え付けのプラスティックバッグの中に吐いた。おろおろするタケシに、心配しなくて良いと告げて、ぼくは、彼女の背中をさすった。子供の頃も、良くこうしたなあ、とぼくは懐しく思い出した。車の揺れるのと聖子の体の揺れるのと、速さが合わないだけなんだよ。それだけのことなんだよ。そうぼくは言ったような気がする。今も合わないのは彼女だけだろうか。ぼくだって、いかれた三半規管をなだめながら生きているんじゃないだろうか。ただ、ぼくはそのやり方を知っている。彼女は知らない。だから、いつも背中をさする。必要ならいつだって介抱する。

ホテルに着いても、聖子がぐったりとしていたので部屋で休ませることになった。彼女を抱えるようにしているタケシに断わって、ぼくは、散歩に出た。

夏の午後、避暑地の太陽の下には、あまり人影はなかった。ぼくは、湖のほとりをしばらく歩いて、人工のビーチを見つけた。水際まで降りて行き、肩から斜め掛けにした鞄の中から水泳用のトランクスを出して着替えた。

水は、思ったより冷たかった。ぼくは、プールのように囲われた中を、何度も泳いで往復した。疲れると仰向けに浮かんで休んだ。

水面《みなも》に反射する陽ざしが眩しかった。太陽の下にいると夜が来なければ良いと思う。月灯りの下にいると夜が明けなければ良いと思う。ぼくは、そこにないものをねだったことがない。昼に星空は求めないし、夜は空の青に焦がれない。そこにあるものだけが、ぼくの世界のすべてだ。それを全部食べる。咀嚼して飲み込んで飽食して目を閉じた時、世界はようやく終わる。そんな気がする。

水から上がると、いつのまにか聖子とタケシが古びたデッキチェアの上に横たわっていた。ぼくと入れ替わりに、タケシは水の中に入って行った。聖子が、手で陽ざしを遮りながら言った。

「タケってサーフィンやってるんだよ。こんなとこより海の家とかの方が似合いそうね」

タケシの体は、逆光で黒い点のように見えた。

「可愛い」聖子が呟いたので、ぼくは目で問いかけた。

「あいつ可愛いよ」

「そうかあ」

「さっき寝たの。でも、緊張して出来なかったんだよ。沢山経験してるようなこと言ってたくせに」

「そういうの可愛いって言うかなあ」

聖子は、体ごとぼくの方を向いた。

「可愛いって二種類あるんだよ。敬意を払って可愛いって言う場合と、みくびってそう呼ぶ場合。タケったら我を忘れた感じになっちゃって、すごくみっともないの。でも……」

聖子は、手を伸ばして、ぼくの髪をかき回わした。残っていたしずくが落ちた。

「トキ兄は、前の方の可愛いさ。さっき、泳いでるの見てた。真夏の湖を、あんなに暗く出来る人は知らないよ。見てるだけで怠くなった。トキ兄は、女を横になりたくさせる人だね」

「聖子」ぼくは、彼女の手首をつかんだ。

「今も、自分のことが一番好きか」

「うん。だって、それって、私とトキ兄の戒律でしょ?」

聖子は、誇らし気に笑って、ぼくに覆い被さり唇を重ねた。互いを奪おうとしないキスは、彼女としか出来ないと思う。ぼくは、彼女の首筋に手を差し入れた。指先で梳く髪は、陽ざしをブラインドのように撰り分けて、ぼくの許に落とす。眩しさの中和されたぼくの世界。

気が付くと、タケシが、呆然とした様子でぼくたちの前に立っていた。聖子が、さして驚いたふうでもなく振り返って言った。

「ほんとは、この人、お兄さんなんかじゃないの」

タケシは、デッキチェアを力まかせに蹴とばすと、無言で立ち去って行った。

「追いかけないと、今晩も処女のままだぞ」

「もういいー。あそこ止めて、ピザハットにするもーん」

そう言って、彼女は、笑い転げるぼくに、もう一度キスをした。

それからの五日間を、ぼくたちは二人きりで過ごした。湖の周辺を手をつないで散歩し、泳げる岸辺を見つけては水に入り、森に迷い込んだ。

太陽の熱はそこまで届かず、空気はひんやりとしていた。ぼくたちは、湿った地面に出現する虫たちの名前を教え合った。小さな蛇もいた。ぼくは、それをつまみ上げて、聖子を追いかけた。彼女は、悲鳴を上げて逃げまどうかと思えば、いきなり蛙をつかまえて、ぼくに投げつけたりした。森は、二人によって、すっかり荒された。

息を切らせた聖子が、もう走れないというように立ち止まり、そして、上を見上げて言った。

「トキ兄、見て。すごく綺麗」

あらゆる種類の緑の中から陽が洩れていた。木洩れ陽が、星くずのように見えるのは何故だろう。昼に星を求めたことなどなかったというのに。ぼくたちは、どちらからともなく抱き合った。聖子の体が、柔く倒れかかって来たので、ぼくは、支えるために足に力を込めた。目を閉じた。そうすると、好きな時に夜を呼び寄せられるのを知った。シダの匂いがした。その匂いは、ぼくを幸福にさせる。

「トキ兄、お部屋に戻ろう?」

聖子が、くぐもった声で尋ねた。ぼくは、頷き、彼女に導かれて森の出口を捜し、ようやく辿り着いた部屋で、生まれて初めて一緒に寝た。

聖一が、麻子の卒業を待って彼女と結婚したいと家族に告げたのは、半年後のことだった。伯父も伯母も反対しなかった。ぼくの知らないところで、麻子は、二人にすっかり馴染んでいた。ぼくの留守中に、たびたび矢野家を訪れていたようだった。ぼくと二人きりの会話で、聖一の話題が出ることはほとんどなかった。ただ一度だけ、彼女は言ったことがある。自分が傷付けてしまうかもしれない可能性をこんなにも持った人を、私は見たことがない、と。涙ぐんでいるように見えた。彼女もまた、聖一から傷付けられる可能性を一番持った人になったのだ。二人共、まるで爆弾抱えてる感じだねと、冗談めいた口調でからかうと、彼女は笑みを浮かべることもなく、ぼくを見詰めた。その瞳にかかる前髪を見て、いつのまにか、彼女が髪を伸ばし始めているのに気付いた。ぼくが、どのようにしようとも、聖一ほどには、彼女を傷付けることが出来ないのを、その時、知った。

麻子と会った帰り道、電車に乗り込んだぼくを、正面の座席の男が、はっとした表情を浮かべながら見た。それが、ピザボーイのタケシだと気付くまで、しばらく時間がかかった。ぼくは、彼の視線をさりげなく外して、出入口のドアの窓から外を見た。

やがて、乗り換えのための駅に着き、ぼくは降りて、駅の階段を上がって行った。踊り場で背後から呼び止められた。振り返る前に、タケシだというのが解った。彼は、憮然とした様子で尋ねた。

「聖子とまだつき合ってるんですか」

ぼくは、肩をすくめた。

「つき合ってるも何も、おれたち兄妹だもん」

「まだ、そんな嘘つくんだ」

「本当だよ」

タケシの顔に困惑した色が浮かんだ。

「あれは、本当に妹」

「あんたたち、頭おかしいんじゃないのか」

「あんな綺麗なヴァージン相手にして立たなかったおまえの方が余程おかしいよ」

その瞬間、タケシは、ぼくに殴り掛った。ぼくは、咄嗟に、彼の拳を避けようと身をかがめた。彼は、体のバランスを崩してよろめき、後ずさったと同時に階段を踏み外して転げ落ちて行った。ぼくは、呆然とその様子をながめていたが、ふと我に返り、階段をゆっくりと降りて行った。人気《ひとけ》のなかった階段下に電車から降りて来たばかりの乗客が集って来ていた。タケシは、うずくまって呻いていた。あいつ可愛いよ。聖子の言葉が思い出された。ぼくは、忍び笑いを洩らした。人垣をかき分け、彼の許に行き、しゃがんで、顔を覗き込んで尋ねた。

「大丈夫ですか？」

タケシは、ぼくをにらみつけたものの、口もきけずに、ただ苦し気に息をするばかりだった。やがて担架が運ばれ、彼は退場した。ブラボー。彼の悲劇。そして、ぼくの喜劇。兄と妹が寝るのは悲劇か。でも、ぼくと聖子であれば、そうはならない。聖一と麻子の方が余程悲劇を隠し持っているように思える。傷付け合うのをあまりにも恐れる故の悲劇を。

家に帰り、聖子にタケシのことを伝えると、彼女は吹き出した。

「タケのパンチ当たんなくて良かったね。当たってたら、トキ兄のほっぺた腫れ上がっていただろうし、そうなってたら……」

「そうなってたら？」

「聖子が、あいつのこと殺してた」

「ぶっそうだな」

「そうだよ。私って、すごくぶっそうな子なんだよ。私は邪魔されるってことが嫌いなの」

そう言った後、台所に立つ伯母に聞こえないように、聖子は声を潜めた。

「トキ兄は、私のために、いつもベストコンディションでいなきゃいけないの」

ダイニングテーブルで、ひそひそと話をしているぼくたちに、帰宅したばかりの伯父が言った。

「たまには、聖子もママの手伝いをしたらどうだ」

「料理嫌いだもーん。私、麻子さんと違うもん。ね、トキ兄、知ってる？　あの人、時々、ママにお料理習いに来てるんだよ。ママの味盗んで、セイ兄にうけようとしているのかも」

「そういう意地悪なこと言うんじゃありません」

伯母が、テーブルに皿を並べながら、聖子をたしなめた。

男のために料理を覚えようとするなんて、まるで麻子らしくない、とぼくは思った。

彼女は、カフェで煙草を吸いながら、抽象的なとりとめのない話をするのが似合う女だ。彼女が、出汁《だし》を取っている姿なんて想像もつかない。

「仕方ないでしょう。麻子さんのおうちは、お父様だけなんだから。全部自己流だったから、ママに基本を教えて欲しいって言うんですもの」

「え？　麻子んとこ、母親いないの？」

聖子と伯母が意外だというように顔を見合わせた。

「トキ兄、あんな仲良い友達なのに、そんなことも知らなかったの？」

「おれたち、相手が話し出さないことは尋ねないから」

「離婚なさったそうよ。お小さい時に」

伯母が、ばつの悪そうな顔をして、火の加減を見るために、台所に戻った。聖子が、その後ろ姿を目で追いながら言った。

「トキ兄とおんなじじゃん」

「おまえ、どこまで知ってるの？」

「全部。小さい頃、セイ兄が教えてくれた。時紀のこと、本当のきょうだいだと思って大切にしてあげようねって」

「へえ……いい人だな」

「女に自分の母親の味の基本を覚えさせようとする男だよ。最低じゃん」

「基本は大事だよ」

そう、何事も。ぼくと麻子の基本は、似ているようでいて、まるで違う。彼女のそれは渇望することを選択し、ぼくは拒否するところから始めた。彼女は、幼ない頃から自分に欠けていたものを、ずっと欲しがっていたのだ。そして、与えてくれる人を待っていた。新しい基本を教えてくれる聖一のような男を。

「でも、不思議じゃない？　実の母親にもう会えないっていう意味では、トキ兄も麻子さんも一緒なのに、私とトキ兄の方が、余程、基本は同じに思える」

「そうかな」

「そうだよ」

風呂から上がった伯父が食卓に着いたので、ぼくと聖子のその話題は打ち切りとなった。

かつて麻子は、恥を拒否した稀な人、とぼくを評した。どのような思いが、そう言わせたのか、ぼくは彼女の心情を推し量ることはなかった。二人で向かい合う時、彼女は、欲しいと少しでも思ったりはしなかっただろうか。ぼく自身ではなく、長い時を経て、ぼくにまとわり付いて来た空気に対して。羨やんだりはしなかっただろうか。ぼくが、ありがたみを覚えないさまざまな事柄に関して。

伯母が、この間、麻子に教えたという料理のレシピを説明している。同じ料理が目の前にある。湯気を立てて、ぼくの鼻を刺激する。ぼくは、陳腐な芝居を観ながら、げろをまき散らした人間。胸が悪くなった。けれども、もう吐くことなんか出来ない。

「しかし、早いね。もう息子が結婚する年齢になるとはね。この分だと時紀もすぐかな」

伯父が、ビールをぼくのグラスに注ぎながら言った。黙っていると、聖子が、スモークサーモンの上のケイパーを、ぼくに向けて指ではじいた。顔を上げて見ると、彼女は、大きく口を開けて、中の食べ物を見せた。ぼくが吹き出すと同時に、伯母が彼女を叱りつけた。

「まったく、もう。いつまでたっても子供みたいなんだから」

伯母の言葉に拗ねたような素振りを見せて聖子は言った。

「聖子は、これからも、ずうっと子供のままだもん。いいでしょ、パパ」

伯父は相好を崩した。

「仕方がないなあ」

「トキ兄もずっと子供のままだよね」

「別に、聖子がそうしろってのなら、そのままでもいいよ」

たぶん、ぼくは、永遠にこの家の子供であり続ける。居場所が必要だ、と小さな頃に自覚した人間は、いつでも子供に化けることが出来る。いったい、ぼくが、本当に子供だったことなどあっただろうか。小さな生き物だったことはある。それが、大きな生き物になった。その過程を成長と人は呼ぶ。たとえそれが、すべての人々の気にそむ結果をもたらさなかったとしても。ぼくが成長してしまったのは、はるか昔であったことを、この家の人は知らない。

「トキ兄、後で宿題教えて」

「おれ、売れっ子家庭教師だから高くつくよ」

伯父が笑った。その声を耳にして、ぼくは思う。可愛い。

麻子の家に行かないか、と聖一に誘われた時、正直なところ、ぼくはうんざりした。彼と一緒にいる時の麻子には、まったく興味が持てなかった。

「何だって、おれが行かなきゃなんないわけ?」

「うーん、あそこの親父さん、何か苦手で」

「それ、あそこの親父に限ったことじゃないんじゃないの? 自分の彼女の親父って、たとえどんなに良い人でも苦手なんじゃない?」

「そうかもなあ。その点、女ってすごいよ。麻子は、もうすっかりうちの親になついてる」

「好きなんだよ」

聖一は、照れ臭そうに頭を掻いた。そう、彼女は好きなのだ。矢野の家に漂うすべての空気が。ただし、ぼくが、彼女を見ているという一点を抜かして。

麻子が、矢野家を訪れる時、ぼくは、良く知らない客人をながめるように彼女を見た。ぼくたちは、二人きりの時のように、互いの観察者ではなかった。兄の婚約者として接する彼女は、いかにも凡庸な女に思えた。何故か、それがおかしくて、ぼくは笑いをこらえた。彼女は、ぼくが、そう感じているのを知っていた。言われたことがある。

「猫かぶってるなんて思わないでよ。トキと聖一さんは違う人。だから接し方も違うのよ。でも、どちらも私なのは本当」

知ってる。けれども、結婚に向けて、彼女は、自分を統一して行こうとしている。聖一が、彼女を侵食して行く様が見える。それが、おかしくもあり、薄気味悪くもある。このまま、ぼくの気に入っていた彼女の一部分は、完全に消え失せてしまうのだろうか。

私は、変わらない、と麻子は言う。ただ、聖一といる自分が好きなのだと。彼といると自分が見えるのだと。そして、自分を見えている人にしてくれたのは、彼が初めてなのだと。そうか、とぼくは思う。彼女は、もうキオスクのガムでいるのを止めたのだ。

「言ったじゃない。トキと私は、まったく違うって。あんたは、存在を消すことに一生心を砕く人。私は、誰かのために存在したいのよ」

どんなふうに？　とは尋ねなかった。ぼくの前に、彼女自身から提供されるものにしか興味がなかった。そう思わせる彼女は、まだ好ましかった。

麻子の家が近付くにつれて、聖一は緊張を増して行くようだった。彼は、家の前で深呼吸をして、ぼくを苦笑させた。ところが、迎えに出た彼女の父親に会った途端、上手い具合に世間話を進ませるのだった。社会人の知恵というもんですか、と言うぼくの言葉を彼は無言で遮った。

客間には、麻子の手料理が並んでいた。伯母の作る料理と良く似ていた。急に料理上手になりましてね、と父親が嬉しそうに言い、聖一は、しきりに照れていた。ぼくは黙々と食べ、他の男たち二人は、麻子の持ち出す話に、なごやかに笑った。彼女は、その場の中心にいた。幸せそうだった。矢野の家に似た雰囲気が漂っていた。ぼくには、彼女の作ろうとしているものが解った。けれど、そこは永遠に矢野家にはならない。何故なら、ぼくも聖子もいない筈だからだ。秘密のクロゼットのない家。ないなら作ってやろうか。ぼくは、衝動に駆られた。

ぼく以外の誰もが、ずい分と酒を飲んでいた。日頃、あまり飲まない麻子も、目の縁を赤くしていた。彼女は、機嫌良く酔って、うたた寝を始めた父親を起こして二階に連れて行った。

「結婚してしばらくは、この家に住もうと思うんだけど、どう思う？」

いんじゃない？　でも、親父とか許すかな」

「お義父さん、ひとりだろ。麻子は言わないけど、そうしたいと思ってるんじゃないかって」

「出ましたね、セイ兄の気づかい」

「そうじゃないよ。ぼくは、彼女の喜ぶことがしたいだけなんだって」

聖一は、真剣さを滲ませて言った。彼は、いつも自分の中で他人の幸せを構築する。

「セイ兄は、皆に幸せになってもらいたいんだね」

「そう……なんだろうな。ぼくの知っている皆に。もちろん時紀にもだよ」

「そういう台詞、良く照れないで言えるよなあ、兄弟でさあ」

「時紀」聖一は、酔いのためか、手にしたグラスをふらつかせながら、ぼくを見た。

「ありがとう」

ぼくは、彼が何のために礼を言っているのか解らず目で問いかけた。

「麻子に話してくれたんだって？　矢野の家に来たいきさつ。彼女言ってたよ。そのことは、時紀に何の影響も及ぼしていないから、ぼくが心配することは何もないって。ほっとした。おまえが本当の家族の一員になってくれるかどうか、子供の頃から気にして来たんだ。麻子の話を聞いて、ああぼくのこと受け入れてくれてたんだなあって思って、ものすごく嬉しかったよ。あそこの家で、時紀だけが特別なポジションにいることになったら、ぼくは、いたたまれない」

特別な位置、には、今着いた。聖一兄さん、あなたがそうさせたのだ。ぼくは、そこに行かないように、ずっと自身を見張って来たのに。伯父と伯母にだって、ぼくをそこに行かせない知恵と才覚があったというのに。

「麻子とは何でも話すんだね」

「うん、話しても話しても足りない気がする。彼女には、絶対に嘘をつきたくないと思うし、きっと、向こうもそうだと思う。話していると、自分が何てつたない奴なんだろうと思う。ぼく自身をそんなふうに思わせてくれた人なんて初めてだ。考えてみたら、ぼくは、これまで泣き言なんか言ったことなかった。でも、彼女は言うんだ。いいんだって。ぼくは、時紀よりもずっと本当は弱い人間なんだから、そうしてもいいんだって」

なるほど。こうして、聖一は、麻子に快感を与えているのか、とぼくは思った。これでは、セックスの出番などない筈だ。

「セイ兄、自分と麻子のどっちを一番、愛してる？」

聖一は、ぼくの問いに困惑したように顔を上げた。

「そんなの決められないよ」

「言えよ」

彼は、しばらくの間考えて、やがて言った。

「麻子……だと思う」

ぼくは、ふざけた調子で拍手をした。聖一は、まいったなあというように座卓に肘を付いた。本当にそう思うのか。ぼくは、心の中で呟いた。自分を差し置いてひとりの人間を愛せるのは、そのために、他のすべての人々を破棄出来る奴だけだ。あんたに、カーテンレールにぶら下がるような粋な真似が出来るのか。

父親を寝床に運んだ後、麻子が新しい料理を運んで来た。彼女は、笑い合うぼくたちを興味深そうに見た。

「何の話？」

「男同士の話だよね、セイ兄」

「そういうこと。明日は土曜日、飲み直そう！」

そう雄叫びを上げていた聖一が一番初めに酔いつぶれてしまった。麻子が畳の上に横になった彼に毛布をかけた。まだ宵の口だというのに、ぼくと彼女の二人だけが残された。

「本当のところ、何の話をしてたの？」

「彼がいかに麻子を愛してるかって話を聞かされてた。当てられたよ」

麻子は、そのぼくの言葉には何も返さずに新しくウィスキーの水割りを作った。

「トキ、何か言いたいことあるんじゃないの？」

ぼくは、片方の膝を立てて、その上に肘を着き、麻子をながめた。目鏡をかけていないので、顔の輪郭があやふやに見えた。

「コンタクトに変えたんだ。あのポーカーフェイスで買ったの似合ってたのに。それもセイ兄の好み？」

「いけない？」

「だせえよ。おまえ、どんどんださくなって行く。何だって、おれの話題なんて二人の間で出すの？　止めろよ、そういうの」

「トキは何にも知らない。聖一さんが、どんなにあんたに思いをかけてるのかなんて」

麻子は、ぼくをにらみ付けて言った。

「ゴシップが思いをかけるってことなのかよ」

「そうよ」彼女は、父親の前では吸わなかった煙草に火を点けた。

「いくら親しい人たちに囲まれていても、その人たちのゴシップのねたにすらならないなんて寂しいよ。私がそうだったから解るのよ。聖一さんが、トキについて語る時、私は、つくづくあんたが羨しかったよ。私は、聖一さんみたいに、あんたを心配しないし同情もしない。ただ、そうする彼をつくづく愚かでいとおしいと思う。私が長いこと欲しがってたのは、赤の他人をそう思う気持よ。知ってたくせに。私を観察してたあんただったら知ってる筈だわ」

確かに知っていた。けれども、それが、こんなに陳腐な形で姿を現わすとは思ってもみなかったのだ。

「おれ、麻子に自分の色んなこと話したじゃん。それと同じことが、おまえとセイ兄の間で話される時、全然違うものに変わっちゃうんだよ」

「ごめん」

麻子は、唇を噛んで下を向いた。

「おれが、そういうの一番やだってこと、解ってると思ってた」

「解ってた。解ってたけど抵抗出来なかった」

「なんで？　気持良かった？」

「良かった」

「じゃ、仕方ねえな。気持良いこと止めるのって難しいもんな」

ぼくは、溜息をついた。麻子に対する苛立ちが急速に消えて行くような気がした。二人の甘い関係のだしにされている。それだけであるならかまわない。元々、彼女は、ぼくのことなどちっとも好きではなかったのだ。目鏡だろうが、コンタクトレンズだろうが、ぼくには、まったく関係のないことだ。

「麻子」ぼくは彼女の名を呼んだ。大学の構内にいる時と同じ声で彼女の名前を口にするのは、これが最後かもしれないと思った。

「さっさと嫁に行っちゃえよ。それで、まったく違う人間になって、おれの前から消え失せろ」

「そうは行かないのよ。私は、あんたをずっと見守って行くの。聖一さんが思いをかけるように、私もそうするの」

「……何だよ、それ」

「二人共、あなたに幸せになってもらいたいの。それを見届けるのが必要なの。トキ、あんたは必要とされているのよ」

彼女がぼくに当てた視線を、人は暖い目と呼ぶのかもしれない。それなのに、その暖さは、ぼくを縮み上がらせた。憎い、と思った。聖一と麻子がまいて行くすべての種を踏みつぶしたい。

「私、トキを好きになろうとしてるのよ」

そう言い残して、麻子は、台所にお茶を淹れるために立った。聖一さん、そろそろ起こさなきゃいけないものね。その声につられるようにして、ぼくは立ち上がり、彼女の後に続いた。そして、追い付いた流し台のシンクの下に彼女を押し倒した。

最初、麻子は、激しく抵抗していたが、物音を立てるのを恐れたのか体の力を抜いた。彼女は、まばたきもせずに、ぼくを見詰めていた。そして、投げやりな口調で言った。

「やりたくもない女と良く出来るわね」

だからじゃないか。ぼくは、リーヴァイスとトランクスを降ろし、体を重ねながら思った。そう言えば、今までぼくは自分の性器を排尿と女を犯すためだけにしか使って来なかったような気がする。たったひとりの相手を除いては。

ぼくは、すぐに射精した。しばらくして体を離すと、足許に下着がだらしなくまとわり付いていた。麻子は、体を起こすやいなや尻を剝き出しにしたまま、手探りで何かを捜していた。

「どうしたの？」

「コンタクト落としちゃった」

ぼくも捜すのを手伝った。ようやく床の上で光るレンズを見付けて手渡すと、それを受け取りながら、麻子は、ぼくの顔に唾を吐きかけた。二人共、下半身を裸にしたままなのが滑稽過ぎると思った。笑いがこみ上げた。悲劇はアクシデント、そして喜劇は作るもの。ぼくは、欲しがっていた弟を、永遠に失った。

ひとりで家に戻る途中、酔いを覚ますために近くの公園のベンチに腰を降ろした。週末の夜、他にいくつもあるベンチのほとんどは、男女の二人連れによって占領されていた。どのカップルも肩を寄せ合い、その何組かは、人目も気にせずに抱き合っていた。

ぼくは、今の若者のセックスレス現象について、テレビ番組の中で語っていた評論家を思い出しておかしくなった。と、同時に、渋谷あたりの高校生の性の乱れを嘆くリポーターの顔も頭に浮かんだ。馬鹿じゃねえか。ぼくは、心の中で毒づいた。見ろよ、これが現実だ。この公園では、ぼくが子供の頃から、ずっと、同じような男女が同じことをくり返しているのだ。関係を作るにしても壊すにしても、それを容易にするために、セックスを有効利用しているのだ。快感の最たるものは、嫌悪の最たるものでもあるという法則を駆使して。ぼくは、ただそれを使いこなしたかっただけだ。何の思惑も感情も混じえずに。それなのに、少しばかり困惑している。自分こそ聖一に礼を言いたいような気分になっているのだ。ぼくは、シュークリームが好きだと、今、思う。

家に、伯父と伯母の気配はなかった。彼らが、今週末は温泉に行くとはしゃいでいたのを思い出した。ぼくは、自分の部屋のベッドに横になった。うつ伏せになり枕を抱える。安らいだ。ここは、天国。そう感じる。ここは、天国。

ふと気が付くと、聖子が、ベッドの脇に立っていた。

「入る時は、ノック」

ぼくの言葉に聖子が、何も返さないので見上げると、泣いていた。ターンテーブルの上のクリップライトが、彼女の濡れた頬を照らしていた。

「お、何だよ、どうした？」

聖子は、ぼくの横に腰を降ろして尋ねた。

「トキ兄、具合悪いの？」

「え？　全然。何でそんなこと言うの？」

「なんか苦しそうな顔してる」

ぼくは笑ったが、聖子は不安な表情を浮かべたまま、ぼくの背中を何度もさすった。

「よせよ、くすぐったい」

「トキ兄が具合悪い時は、聖子が介抱する。トキ兄だって、いつも私にそうしてくれるでしょう？」

しばらくの間、聖子のしたいようにさせた。彼女の手は、確かに心地良かった。背中に溜っていた熱が、体じゅうに行き渡るような気がした。自分が本物の病人になったみたいだった。けれども、彼女の手にかかると、病気も甘い。ぼくは、脱力して身をまかせた。

「まだ、どこか痛い？」

「だから、どこも痛くもないし、具合も悪くないんだよ」

「ほんと？」

ほっとしたように、彼女は手を止めて、ぼくの背に半分覆いかぶさるような形でうつ伏せになった。彼女の髪の毛先が、ぼくの首筋をくすぐった。彼女は、耳許で囁いた。

「トキ兄は、具合悪くなっちゃ駄目な人なの。でも、どうしてもどうしても、ひどい具合になったら、私が手当してあげるよ。トキ兄が弱ってるの見るの嫌いじゃないもん」

「さっき泣いてたくせに」

「喜びの涙だよ」

ぼくは、体の位置を変えて、聖子と向かい合った。

「おれも喜びの涙、流そうかな」

「何のために？」

さあ。さっぱり解らない。意味不明。それなのに、どうしたことか、本当に涙がこみ上げて来た。ぼくが、慌てて目頭を押さえようとすると、聖子は、それを遮った。そして、唇を近付け、睫の生え際を丁寧に舌でなぞって、ぼくの涙を舐めた。

「動物のお母さんは、こうやって、子供の毛繕いをしてあげるんだよ」

「そうかあ。じゃあ、おれもしてやる」

ぼくは、先程まで濡れていた聖子の頰を舐めた。彼女は、身をよじって笑った。

「しょっぺえ」

「同じ味かなあ、私たち」

ぼくは、そのまま唇を移動させ、聖子のそれに重ねた。彼女は、ぼくのキスに応えながら目を閉じた。

「地球を失くす方法知ってる？」

「どうやんの？」

「トキ兄と抱き合って目を閉じるの」

ぼくもそうしてみた。聖子の体をきつく抱き締めて目を閉じた。本当だ。まるで、この世に自分しか存在していないみたいだ。腕の中の柔かい生き物が、自分の一部分のように思える。

「聖子は自分が一番好き。トキ兄も自分が一番好き。でも、こうしていれば、どっちが一番でもおんなじみたい」

ぼくは、思わず目を開けた。聖子は、先に開けていて、ぼくを見ていたようだった。髪の影が顔に落ち、その中で瞳だけが光っていた。黒いのに、鏡のようにぼくを映す。夏に行った湖を思い出した。あそこで、ぼくの何かが変わったとは思えない。森のシダの匂いを思い出した。岸辺に打ち寄せるレース編みのような波。遠くに聞こえるモーターボートの音。緑のプリズムが太陽を色の帯に分けた。さまざまな記憶が、そのままの形で保存されているのが解る。見て来たものが、今も目の中で蘇る。彼女の瞳にも同じものが見えるような気がする。何故だろう。聖子は、ぼくの水晶体をピクルスに変える。

「聖子、おれ、今日、女、犯して来た」

聖子は、手の甲で、ぼくの頬に触れた。しばらくの間、無言だったが、やがて、ぽつりと尋ねた。

「その人としたかったの？」

「そうじゃない」

「好きな人だったの？」

「好きじゃない」

「憎んでたの？」

「そうかもしれない」

聖子は、ぼくの頬を撫で続けていた。背中をそうしたのと同じように。

「トキ兄は、セックスなんかを使わなくたって、人を傷付けることが出来る人なんだよ」

そう言って、聖子は、ぼくの胸に顔を埋めた。今度は、ぼくが、彼女の背を撫でた。何故、自分が打ち明け話のようなことをしたのか解らなかった。ぼくは、生まれて初めて、恐いと感じていたのだ。それを消す手段としては、あまりにも、ちっぽけな告白だったが。

「私が、とっくに知ってたことを知らなかったなんて、トキ兄は、可愛いよ」

「おれのこと、今、見くびってるだろ」

「当たり」

そう言って、いつまでもくすくす笑っている聖子の顎をつかんで上を向かせた。すると、彼女は、ぼくの顔を両手ではさんで言った。

「贈り物」

何が？　と問う前に、彼女は続けた。

「トキ兄は、誰かのセックスがくれた聖子への贈り物」

「馬鹿」

ぼくたちは、笑いながら再び抱き合い、上になったり下になったりして、ふざけた。聖子が、ふと沈黙した。どうしたのかと、顔を覗こうとすると、彼女は、そうさせないように、手で顔を隠した。

「トキ兄、聖子が大人になったら、このおうち出よう？　そして、二人っきりで、湖のほとりに小屋を建てて、そこで暮らそう？」

突然の子供じみた提案に、ぼくは苦笑した。

「そんな夢物語みたいなこと」

彼女は、顔に置いた手を外して、濡れた瞳で、ぼくを見上げてこう言った。

「私たちに、夢物語以外の、いったい何が必要だって言うの？」

二人の結婚式が、麻子の卒業を待たずしてとり行なわれることになったのは、彼女の妊娠が判明したためであった。伯父と伯母は、初孫のことを思い、今から浮かれていた。聖一も嬉しさを隠せない様子だった。何だ、心当たりがあるんじゃないか、とぼくは思った。それとも、麻子が心当たりを作ったのか。ぼくには知る術もないことだった。

式の打ち合わせのために、麻子は、毎日のように矢野家を訪れた。彼女は、ぼくに対して、婚約者の弟として、にこやかに接した。ぼくは、同級生が義姉になることにとまどっている素振りを見せた。二人の間にあった出来事は、完全に葬り去られたように見えた。

一度、麻子と廊下ですれ違ったことがある。彼女は、会釈して微笑んだ。

「休学するんだって？」

「そう。いつ復帰出来るか解らないけどね」

麻子は、そう言いながら、自分の腹に触れた。そして、ふと思い出したように、ぼくの名を呼んだ。

「トキ」

その響きは、妙に懐しく、ぼくは、彼女と取りとめのない話をして時間をつぶしたカフェの空間に引き戻された。

「ありがと。これで、私、永遠に必要とされるわ」

彼女は、それだけ言い残すと、振り返りもせずに、皆の待つ団欒の中に戻って行った。どういたしまして。ぼくは、彼女の後ろ姿を、ぼんやり見ていた。ストッキングに包まれた足は、音を立てないものだな、などと思った。ぼくは、もう、あのカフェには行かない。モードを捨てた女についても、思い出すことはないだろう。

「トキ兄、結婚式に着るお洋服を選んでるの。もう迷っちゃって。助けてくれない？」

頼まれて、聖子の部屋に行ってみると、部屋じゅうにドレスが散らばっていた。

「あのなあ、主役は、おまえじゃないんだぞ」

「知ってるもん、そんなの。でも、便乗するの。トキ兄は、何着るの？」

「え？　スーツに決まってるだろ。この間、買ったボリオリ。もうバイト代使い果して、金、全然ないよ」

「あの地味臭いスーツかあ。まあ、私の引き立て役としては、ちょうどいいかもね」

聖子のいつもの生意気な口のきき方を楽しみながら、ぼくは、彼女が、鮮やかな色の間で混乱するのをながめた。

「ね、これどう思う。トキ兄、鏡の前に来て」

ぼくは、聖子の背後から姿見を見た。彼女が体に当てた真紅の絹のスリップドレスの光沢に、ぼくは目を細めた。

「前に、トキ兄がやっちゃった女って、麻子さんでしょ」

鏡の中で、聖子は、ぼくを凝視していた。

「もう、いいよ、その話は」

「はーい。過去の話ってやつね。私たちって、まだ子供なのに、いっぱい過去を共有してるね。ねえ、知ってる？　特別な人と共有する過去を秘密って言うんだよ」

目の前に、ぼくと聖子の顔が並んで映っている。二人共、血のような色のドレスに照らされている。ぼくは、後ろから、彼女を抱き締めた。ぼくの肘の内側に、彼女の首が載る。まるで、最初から、そこが置き場所であるのが決まっていたかのように。

「聖子は、別嬪《べっぴん》だな」

「いいね、別嬪って。ヴィンテージの言葉だね」

「ウェディングドレスも、きっと似合うぞ」

聖子は、ぼくの言葉に微笑んだ。

「駄目だよ、私、傷ものだもん」

「だったら、上等の傷ものだ」

ぼくは、彼女の胸許に回わした腕に力を込めて、首筋に唇を当てた。そして、目を閉じる。すると、世界は、ぼくの骨格の内側で凝縮される。

「トキ兄、私たち二人で、もっともっと秘密を集めよう」

聖子は、ドレスを当てたまま、ぼくの腕の中で体の向きを変えた。彼女の唇が頰に押し当てられた瞬間、ぼくは目を開き、二人の間から、赤いシルクが、とろりと流れ落ちるのを見た。

結婚式の当日、ぼくと聖子は親族の席で、とても行儀良く振舞った。伯母は、時折、涙を拭っていた。万が一、ぼくが結婚するようなことになっても、この人は、同じように涙ぐむのだろう、と思った。もしかしたら、その機会は、永遠に訪れないかもしれないけれど。伯父は、聖一の会社の人々に挨拶をするのに忙しそうだった。

麻子は、つわりがひどいらしく、青い顔をしていた。終始、気づかうように、聖一が彼女に言葉をかけていた。そのたびに、彼女は頷き、ナプキンで口許を押さえていた。結婚式も楽じゃないなあ、とぼくは、二人に同情した。

式は、滞りなく終わった。途中、退屈した聖子が、あのウェディングドレスは野暮ったい、と言い出して、周囲の顰蹙を買った以外には。ぼくは、兄として彼女をたしなめなくてはならなかった。

「トキ兄、二次会に出るんでしょ？」

「うん。でも、いったん家に戻って着替えるよ。時間あるし。この格好窮屈だし」

「あっそう。私、青山なんか来たの久し振りだから買い物してく。あ、そうだ、これ」

聖子は、ぼくの上着のポケットに小さな封筒を差し込んで、手を振りながら、親戚の女の子と式場を出て行った。その後、招かれた同級生たちから、新郎新婦に関する質問責めに遭い、その封筒のことをすっかり忘れてしまった。

思い出したのは、家の近くまで来た時だ。ぼくは、歩きながら、封筒に入ったカードを開いた。そこには、特徴ある聖子の字で走り書きがあった。

聖子の嫌いなもの。アンチョビ。エスプレッソ。太宰治（暗い）。ボリス・ヴィアンの「うたかたの日々」（病気持ちの女）。サワークリーム。歯医者。フランス語の授業。「サウスパーク」（憎たらしいガキ）。生牡蠣。ヒップホップ（うるさい）。スマッシング・パンプキンズ（これもうるさい）。ケイタ・マルヤマのお洋服（聖子よりかわいい）。映画の「冒険者たち」（あれって冒険？）。自分よりも好きだと思わせる人（トキ兄）。

ぼくは、吹き出した。何なんだ、こいつ。こみ上げる笑いをこらえながら、ぼくは、カードを封筒に戻し、再びポケットに入れた。そして、顔を上げた。その瞬間、数人の男たちが、走り寄って来るのに気付いた。その内のひとりが、タケシであるのを確認した直後に、いきなり殴られた。よろけたぼくの腹を、今度は、別な男が蹴り飛ばした。ぼくは、うずくまった。彼らは、容赦なく、ぼくを殴り、そして蹴り続けた。新調したばかりのスーツが血で濡れて行くのが解った。地面に倒れたぼくの耳に、タケシの声が聞こえた。もういいよ、これ以上やると死ぬかもしんねえもん。何だよ、半殺しにしてやれって言ってたのおめえじゃん。別な男が文句を言いながら、もう一度、蹴った。ぼくは、朦朧とした意識の中で呟いた。いいのか？　それで。おまえら殺されちゃうぞ。彼らは、ぼくを痛め続けた。自分の口から醜い呻き声が洩れるのが解った。止まらなかった。このまま死んじゃうと困るなあ。ぼくは、聖子の顔を思い浮かべようとした。けれど、全身に与えられたひどい苦痛がなかなかそうさせてくれない。それでも彼女のことを思い出そうとした。何度も試みた。そうすれば視界が暗くなる前に、ぼくの雑音は、アートに変わる。

検温

車の運転はしません。でも、運転席に座ったことはあります。そして、クラクションを鳴らしました。後ろ手で。ピアノを弾きます。お行儀良く椅子に座ります。子供の頃からの習慣です。でも、その時に限って立ったまま鍵盤を鳴らしました。後ろ手で。クラクションを鳴らしてしまったのは常軌を逸した私でしたが、鍵盤に手を付かせたのは、我を忘れた彼でした。後ろ手というのは情熱による所作のようですね。車。ピアノ。それではドアを後ろ手で閉める場合はどうでしょう。それは、そのドアの内側にいる場合と外側にいる場合で、おおいに異なると思うのです。私と彼の間柄は、彼が内側で後ろ手にドアを閉めた時に始まり、私が外側で、やはり後ろ手にドアを閉めた際に終わりました。本当は、それ以前に始まっていて、それ以前に終わっていたのかもしれませんが、私は部屋の中以外の出来事をあまり覚えていない。自分も同じだと、後に偶然再会した時に彼が言った。でもね、と彼は続けた。

「横浜に行ったことあっただろ？　あの日のことだけは、不思議と良く覚えてる」

私もそうだ。もうお互い相手に対して欲望もなく、情熱もなく、求め合うことをほとんど諦めかけていたあの日のこと。抱き合いたいと思わないですむ自分に、ほとんど安堵していた。情熱が死んだことが、つくづく嬉しかった。そんな日のことを良く覚えている。

その日、彼は、横浜のニューグランドホテルに私を呼び出しました。子供の頃住んでいた街を見てみたくなったそうです。唐突な人。いつだってそうなのです。突然、私を呼び出します。突然、予定を決めます。深夜、彼の待つ場所に、いったい何度タクシーを走らせたことでしょうか。でも、まあ、そのことに文句は言えません。突然の出来事は、人から思慮を奪います。他人から命令されたことのなかった私は、彼からの電話を受けるたびに、体が震えました。恐かったのではありませんよ。喜びからです。私は、彼とのつき合いで、初めて、幸福が地団駄を踏ませるということを学んだのでした。大人になったつもりだった私ですが、全速力でバスルームに飛び込み、シャワーを浴びてから、クロゼットを引っくり返して服を選びました。部屋を出る前に、ちらりと振り返ると、空巣に入られた後のようでした。でも、気になりません。盗まれるのは、私自身だけなのだと思うことは、正気ならば、照れ臭さのあまりに卒倒しそうな比喩ですが、何しろ酔っ払いと同じ状態で、ひとりの男にうつつを抜かしているのですから、良いのです。下着の選択に迷うことはありませんでした。何故なら、次に会う時に身に付けるべき新品をいつも用意していたからです。自分自身を非常時の食料のように保つこと。美しい絹は、そのための包装紙なのです。正気であったら決して支払うことのない金額も気になりません。次に会うことを夢想する、その夢のための引き立て役なのですから。彼の指が引っ掛けやすいストラップ。鋏のいらない甘い梱包。

で、今、私は正気である。あの頃、手に入れた高価な下着は、自分自身のためだけに身に付けるようになった。上等な絹の本来の価値を理解したのは、終わった恋を忘れかけてからである。洗いざらしのTシャツやリーヴァイスの下で、私は、それらをもう一枚の自分の皮膚のように感じるのを好ましく思う。時には、ほとんど身に付けているのを忘れる。そういう時には、かつての男のことも忘れている。でも、どこかに、その人も身に付いているのだろう。普段、まったく意識しなくとも、きっと、どこかで露呈させているのだろう。絹よりも、はるかに薄い男の面影、などを。

久し振りに再会した時、彼は、懐しそうな表情を浮かべて、会いたかったと言った。ずっと気にかかっていたとも。何故、そんなことを言うのか解らない。私は、ちっとも会いたくなかった。彼と別れてから何人かの男とつき合った。その間じゅう、そして再会するまで、私は、彼を気にかけたことなど一度もない。思い出して、少し腹を立てたことはある。自分の都合で、よくも、私をあれだけ何度も呼び出したものだ、なんて。時間泥棒という言葉が浮かんだ。もちろん、ミヒャエル・エンデの「モモ」のような可愛いイメージはそこにはない。ふざけんなよ、ばーか、と思う。彼に対してではない。盗まれるのは自分自身だなどと、本気でたわけたことを言っていた自分自身に対してだ。恋が終わって落ち着くと、いつも思う。私、病気だったんじゃないのか？　あの言動、正気の沙汰じゃない。どうして、あんなにセックスが好きだったんだろう。そんなに上手かったか？　あの男。まるで狐につままれたような気分になる。恋は、私にとって、世界の七不思議のひとつに数えられそうな気がする。

ニューグランドホテルの正面玄関に立った時、私は、既視感のようなものを覚えて不思議な気分になりましたが、実は、それは不思議でも何でもなかったのでした。ここが新しい建物になる前、昔つき合った男の人と何度か訪れていたのを、通り掛ったバーの従業員の挨拶で思い出しました。その人は、にっこりと微笑んで、お久し振りでございますと言いました。久し振りという感慨がまったくなかったのは、すっかり変わってしまったホテルの様子のためだけではないようです。あのシックなバーの片隅で語り合った人のことは、ここに来るまで思い出しもしませんでした。私は、とても忘れっぽいようです。カクテルの種類を沢山教えてくれた人ですのに。その方のおかげで、目を閉じて口に含んだだけで、マティーニのジンの銘柄を当てられる程、私の舌は進化しましたのに。結婚していた方でした。今は、家庭で、奥様とお子さんを大切にしていてくださるといいなと思いました。

そんな過去を蘇らせながらティルームの方に歩いて行くと、彼が私の姿を見つけて手を振るのが見えました。そう言えば、彼も結婚しているのですが、家族を地方に残して単身赴任しているので、奥様の存在など気にかけたこともありませんでした。彼の部屋は、独身の男の人のもののように思えました。私の好みの散らかり方が好きでした。二日続けて訪れた時など、ベッドの上の毛布が、前の晩、私がはねのけたままの形になっていたりするのを見て幸福のあまり目眩がした程です。置き忘れた私の歯ブラシが、流し台の下に投げ込まれているのを見つけた時には、少し心が痛みましたが、トイレットペーパーの縁を三角に折ることで腹いせとしました。以前、私の部屋のトイレの便座を上げっぱなしにして行って、トラブルに巻き込んだ男の人がいましたが、それよりは、ずっと清潔でしょう？　でも、今はもうそんなことはしません。手を振る彼に向かって、私も自分の手を上げましたが、それは、ただの符牒のように思えます。学芸会の舞台に上がる時のような緊張と興奮。彼の前に立つたびに感じたあの高揚感は、もう私にはありません。彼も、待ちに待ったという表情を浮かべたりはしません。行くに決まっている。そして、来るに決まっている。そう思うことが交錯した点で、私たちは二人の時間を持っている。そこでは、かつて熱過ぎた何かがいつも溶けていたというのに。今ではあらかじめ答えの出ている方程式を解くような時の過ごし方しかないのです。さあ、どうするべきでしょう。などと思っていたら、彼の向かいにいた初老の男女が立ち上がり、私に会釈しました。私は、怪訝に思いながら曖昧に頭を下げました。

「こちらは、吉住さん御夫妻。ぼくが小さい頃にお世話になってた人なんだ。せっかく横浜に来たんだから御一緒しようと思って」

彼の言葉の後に自己紹介しながら、いったいどういうことだろうかと考えました。二人で過ごすこともはや出来ないと言うのでしょうか。私は、愛想良く笑いながらも内心既にこの休日に対してうんざりしていました。恩人のお相手は奥様にさせれば良いではありませんか。第三者と世間話するために、私を横浜まで来させるなんて。情熱が消えて楽になった男の人のすることは、本当に皆似ています。

「昼飯食ったら、三溪園を散歩しましょう」

彼は、そう提案してティルームの支払いをしに行きました。私は、彼を追いかけて小声で尋ねました。

「いったいどういうことなの？」

彼は、レジでお金を出しながら言いました。

「仕方ないだろう。あの奥さんの方、余命いくばくもないんだから。最後に、横浜の街を散歩したいって言ってるから、つき合ってくれないかって吉住さんに頼まれたんだ」

優しい人だなあ、と私は思いました。そして、まだ彼をそう思える自分で良かったなあ、と私は、ほっとしたのでした。暖くなって来ました。春が近くに来ているからとは思わない。

どこの建物の中に足を踏み入れても、誰の部屋に入っても、エアコンディショナーがある。寒い通りを、あるいは暑い日中を歩きたくなければ車に乗れば良い。都会に住むというのはそういうことだ。季節なんか忘れそう。だから、私たちは気を使う。冬が到来したと言い、春めいたね、などと囁き合う。カレンダーも確認する。七月は夏でなくてはならないし、十二月が真冬であるのは疑う余地もない。予定調和の季節のイメージの中で、私たちはそれらしく振る舞うが、体感温度に裏切られる場合もある。暑い、寒い、その間。熱い、冷たい、その間。そこを、あらゆる理由により体温は行ったり来たりする。たとえば、恋と呼ばれるもの。少なくとも私に関して言えば、それは、体温計をせせら笑う。目の前の男によって熱くさせられている。その時、そういうふうに思う。けれど、本当は、男に私の体温なんて支配出来ない。自分自身で勝手に自分の温度を上げているのだ。もしかしたら防衛本能ってやつ？　でも、何に対しての？　寒くても、彼がいれば暖くなれるの。なあんて、ひどい錯覚。しかし、その時、そう感じたのは事実だったのだ。いったい、恋は何故自分を変温動物に変えるのか。答えは出ていない。好き好き好き好き。会いたい会いたい会いたい。平熱である今は馬鹿みたいと思うが、そう感じている最中に、心頭なんか滅却しないね。やせ我慢なんかしてたら火傷しちゃう。と、いうことは、深い傷を残さないために、熱くなったり冷たくなったりするのか。そう言えば、私に深い傷を残した事柄は、どれもこれも熱い恋とは無縁のものだったかもしれない。過去の熱い恋の相手は、今、驚く程、私を冷淡にさせている。

広い庭園を私たちはゆっくりと歩いて行きました。吉住さんは、奥様の狭い歩幅に合わせるように少しずつ足を運んでいます。私と彼は、その後に続きます。日曜日のせいか、大勢の人々がくつろいでいます。ふざけ合うカップル、親子連れ。私たち四人は、どのように人の目に映るのでしょうか。

「息子夫婦とその両親て感じじゃないかな」

彼はそう言って、私と手をつなぎました。

「あの人たち、私たちがどういう関係か知っているの？」

「知ってる。きみのこと待ってる間に話した」

「まずいんじゃないの？」

彼は、私をちらりと見て、おどけたように肩をすくめました。そして、そんなこと少しも気にしていないというように、つないでいる手に力をこめて、私を引き寄せました。私は溜息をつきました。これが一カ月前、いえ、二週間前でもかまいません。もしかしたら、一週間前でも良かったかもしれません。今日よりも前だったら、私は、どれ程幸せであったでしょう。今よりも、少しでも過去の方が幸福であったと感じるのは、何てつまらないことでしょう。

「最後の外出許可か。どんな気持なんだろうなあ」

「癌って言ってたけど、そんなに悪いふうには見えないわ」

「悪いように見えるくらいなら外出なんてさせてもらえないだろう?」

時折、御夫婦は立ち止まって、私たちを振り返りました。そして、私たちが付いて来ているのを確認すると安心したように微笑を浮かべて、再び歩き出すのでした。何故でしょう? まさか、私たちがあの人たちの歩く速さに付いて行けないと思った訳ではないでしょうに。それにしても、何故、私たちなのでしょう。夫婦水入らずで、とは思わなかったのでしょうか。

「二人きりになりたくなかったんじゃないかなあ、吉住さん。ぼくが連絡した時に、ちょうど良かったたって言って喜んでた。親戚の人なんかじゃどっちも気を使っちゃうし、親し過ぎないぼくたちってのが良かったんだろうな」

「どうして二人きりになりたくないの?」

「だって、相手いなくなったらひとりだぜ」

私も彼と別れたらひとりになります。かつて、そのことを考えて泣いたことがあります。想像は、ひとりぼっちの未来を嘆かせ、そして、またそれが現実ではないのを確認させ、私を幸せにしました。ひとりではない時に、ひとりであると思うのは、とても甘い悲しみです。男の人に恋をすると、私は、いつもそれを味わい尽くします。

おいしくておいしくて止められません。想像の中で、彼は、私に、ちょっとひどいことをします。うんとひどいことではありません。ちょっとひどいことは、舌にますます美味を与えてくれるのです。吉住さんにその想像の余地はありません。彼の場合、想像ではなく予測です。ひとりきりになりたくないから、二人きりにもなりたくないという気持。それを思うと恐いです。今、私は、ひとりきりになっても平気かもしれないと思っています。もし、彼が死ぬようなことがあっても、私がひとりきりになった後でなら平気な気がします。問題は二人きりの時なのです。

この人が死んだらどうしようと想像して気が狂いそうになる時、それが現実離れしていればいる程、恍惚感を引き寄せる。それは、まるで泣かせる手管を自分に対して駆使しているかのように涙を誘う。想像の中の彼の死を悼んでいる訳ではない。彼を失って途方に暮れる自分に同情しているのだ。恋の楽しみには、セックスやら何やらあるけれど、自己憐憫というゲームの快楽もそのひとつ。冷静になれば失笑してしまうけれど、その時は本気だ。本気になれない、なりたくないと思うのは、その想像がより現実味を帯びる時。その時、私には、憐憫を持つ程の自己など失くなる。恋と愛とは違うのだ、と良く人は言う。その違いなど解っちゃいない私が、もしかしたらこれか、とふと思うのは、自分ではない何かを憐れんでいる時だ。自分でもない他人でもない何か。体温なんて知ったこっちゃない独自の温度を持った何か。そこは、いつも一定を保っているから心の拠り所になる。恋が冷めると馬鹿馬鹿しい気持になるのは、その何かの存在を知らないからだろう。


男の人たち二人が休憩所のトイレに行ったので、私と奥様は、ベンチに腰を降ろしました。側で見ると奥様の体がとても薄いのに気付いてどぎまぎしてしまうのでした。

「良い方ね、あなたの彼。吉住にはうかがっていたんですけど、今日、初めてお会いしたの。でも似ていないわね」

私は、お話の意味が解らずに、奥様の顔を見詰めました。奥様は、あらいけないというように手で口を押さえました。

「ご存じなかったの？　あなたの彼、吉住と前の奥様との間の息子さんなのよ」

私は、驚くよりも、真実を隠していた彼に腹を立てました。何だか自分がお手軽に扱われてるように感じたのです。

「あの方と結婚したい？」

「まさか。彼、もう結婚しています」

「奪ってしまえばよろしいのよ。私みたいに」

そう言って、奥様は、ころころと笑うのでした。

「実は、今日のことは私からお願いしたの。あの人の息子に三渓園に連れて行って欲しいって」

「……どうしてですか？」

「だって憎たらしいじゃないの。私たち子供いないんですもの。でも、気がすみました。吉住は死ぬまで私のものだし、これで悔いはないわ。ようやく恋敵を出し抜くことが出来ました」

「何故、私に、そんなことを？」

「証人。あなたにも覚えがおありでしょう？　恋には証人が必要ですよ」

私は、呆気にとられてしまいました。そりゃあ、私にだって、彼とのつき合いを誰かに知って欲しいと強く望んだこともあります。けれど、その考えは、いつも密室の中でどこかに消えてしまうのでした。しかも、今となっては知られないままに終わりにしてしまいたいと願っているのです。奥様は死ぬまで恋を恋のままで続けて行こうとしているのでしょうか。

やがて男の人たちが戻り、私たちは、しばらくの間、当たり障りのない話に終始しました。奥様は、私に話していたことなど忘れたように振舞っていました。私も、先程打ち明けられたことが嘘のように思えて来た時、話は、桜の開花時期に及びました。すると、奥様は、こうひと言、口にして、吉住さんにもたれかかりました。

「私、桜の咲く頃までもたないかもしれないわ」

その口調の湿り気に気付いたのは、たぶん、私だけだったでしょう。男の人たちは、悲しい事実を突き付けられたというようにうろたえていました。私が、一瞬、身震いしてしまったのは何故でしょう。私のしていたものなんて恋だなんて呼べないんじゃないかと思いました。奥様がして来たことを恋と呼ぶなら、私には、到底まっとう出来る代物ではありません。私が恋と信じて来たものは、常に情熱の終わりによって断ち切られて来ました。急に黙ってしまった私を気にするでもなく、もう少し歩きましょうと彼が言いました。立ち上がった彼の背中を見て私は自分に問いかけます。まだ、私は、この人に恋をしているのでしょうか。終わりにしないのはどうしてなのでしょう。

集中する至福を味わうのは最高の贅沢だと思う。ただそれだけにかまけていれば良いのだと自分を許す時、見る間に余計なものは削ぎ落とされる。すると、さして興味を持ってもいなかったくせに、惜しいだけという理由で捨てなかったものの存在に気付く。あれもそう。これもいらない。恋の最中にいる時、私は呆れる程、潔い。さあ身軽になった。これで全力投球出来る。そう意欲を燃やしながら、もう一度恋の中に身を置こうとする。後は、その男に熱中するだけだ。ようやく願いはかなう。すると、どうだろう。自分の内で、それはもう贅沢ではなくなっているのだ。とまどいながらも思わざるを得ない。恋そのものが惜しいだけの所有物に成り下がっているのだ。そういうものは捨てる主義じゃなかったのか。集中力が途切れた。と、同時にやって来るのは、今度は、弛緩する至福だ。捨てた筈のものたちが、再びまとわり付く。ジャンクの中で、私は、くつろいで伸びをする。これも、また最高の贅沢。恋はそのくり返し。仕事もそのくり返し。集中だけの人生を思うと、私の目の前は暗くなる。高熱がずっと続けば生きては行けない。微熱が永遠に下がらなければ怠いまま。凍りさえしなければ、私は、何とか生きのびる。捨てるものなど何もない時には、勇気。捨てても良いものが溢れている時には、安息。どちらも欲しくて、私は、自分の温度を上げ下げしている。そこで使われるのは、希望、嫉妬、羨望、諦め、戦闘意欲など。時には、マゾヒストとサディスト、両方の才覚も。私は、横浜で会った女のように、死で彼を拘束しない。けれど、死以上の印象を与えたいと思ったことも、かつてあったのだ。それを望んだ時の贅沢と、それを諦めた時の贅沢。私は、両方を知っている。

休憩所を出る前に、私もお手洗いを使っておくわ、と奥様は、ひとりで歩いて行きました。その足取りは、普通の人とは何ら変わりのないものでしたが、吉住さんは心配気に見守っていました。その様子に気付いた彼は私に小声で言いました。

「きみも行っておいでよ。見ててあげてくれない？」

私は、渋々立ち上がり、女子用トイレに向かいました。大丈夫に決まっている、と私は、少し意地悪く思いました。奥様の余命に同情出来ないのは、死ぬまで続くであろうその恋に嫉妬していたからかもしれません。

トイレに入ると個室はひとつだけ塞がっており、外には誰もいませんでした。私は洗面台の上に張られた鏡を見ながら化粧を直しました。しばらくすると、背後の個室のドアが開きました。私は、鏡に映った奥様の顔を見て息をのみました。そこにいたのは、のどかな春の午後に散歩を楽しんでいる人ではありませんでした。無理をしている病人というには、あまりにも必死な顔。襲いかかる邪悪な者たちを制するために、自らをさらに邪悪に仕立てたような表情を浮かべていたのです。私は、自分が、どこにいるのか一瞬解らなくなりました。鏡の中で、奥様と目が合いました。私は、自分が生と死の境い目に立っているような錯覚を覚えました。果たして、それは、本当に錯覚だったのでしょうか。奥様は鏡の中の私から目を離さず、一歩踏み出しました。死が近付いて来る。病気の人に対して、そんなふうに感じるなんて、何と思いやりのない人間だったことでしょう。けれども、私は本当に恐かったのです。いつのまにか、震えていました。寒くてたまりませんでした。もう春だというのに。

「私は、死を隠し持っていますの」

奥様は言って、自分の眉間に刻まれた皺を指で消しました。そこには、ただあおざめた顔が出現しました。今は、隠していないのだ、と思い、私は泣きたくなりました。証人、という言葉を思い出しながら、掠れた声で尋ねました。

「……苦しいのですか」

「いいえ。それは病気になる前からのことですの。あの人と出会ってから、私は、ずうっと、死を隠し持っているのです。あなたもそうしてみたらよろしいわ。そういう女を男の人は、決して捨てないのですよ」

そう言い残して、奥様は出て行きました。私は、水道の水で手を洗い続けました。冷たい筈の水ですら、私を暖めるような気がしたのです。けれど、もちろん、水は水。凍えそうになりながら、私は、その時、今の自分を暖めてくれるものが何か、はっきりと悟ったのです。必要なあまりに、不必要だと思い込もうとしていたもの。私は、外に走り出て、彼の胸に顔を埋めました。

「まあ。若い方たちは素直で羨しいわ」

私たちの姿を見て、奥様は笑いました。その様子を見て、吉住さんも微笑みました。

幸せそうな二組のカップル。でも、そこには死が隠れている。私は、握った彼の手を離しませんでした。そんな私を、彼は労っていました。前を見ると、そこには、やはり、労られている女が歩いているのでした。私は、もう熱に浮かされたように、裸で彼と抱き合うことなど求めていませんでした。ただこうしていたいと、それだけを思っていました。彼とのつき合いの中で、私を苦しめていたものが急速に消えて行くのを感じました。私も、あるひとつの死を隠し持った女になったのです。

何かを引き替えにすることの連続だと思う。失ったものの隙間には、流れ込む新たなものがある。それは、必ずしも気分を楽にはしないかもしれない。けれど、日常は、やがて苛立ちを耕し、記憶は土に埋まる。そのまま放って置くことも出来るし、掘り起こす自由もある。熱がさめて、そのことに気付く。なあんだ、と私は思う。恋なんて個人の都合で成り立っているんじゃないか。理解している筈の相手の気持は、実は、自分が理解したいように形作られている。男が自分と同じように感じているという思い込みを正そうとしないから、関係は歪んで行ってしまうのだ。でも、それをどうやって阻止すれば良いと言うの？　恋の熱は言葉を奪うから、裸で抱き合うしかやり方が解らない。情熱の最中の意見の一致なんて、ベッドにもぐり込む前の前戯に過ぎない。冷静な会話を交わして、相手の本当の気持を理解出来るようになる頃には、倦怠が忍び込む。神様からの贈り物のようだった毎日が、スケジュール帳にいつのまにか組み込まれて行く。このくり返し。あーあ、つまんない。人間の出来ていない私。そういう女は捨てられないのですよ、とあの人は言った。捨てる捨てられるという発想は私にはないけれど、死を隠し持つという表現は、ずしりと重い。その芸当を身に付けられれば、個人の都合は光り輝く。上昇した体温でも溶かせない小さな氷。その欠片を常に手にしたいところだが、いつも失敗してしまうのだ。今度こそ、と懲りずに思う。お医者にも解らない部分をこっそりと死なせ、看護婦さんにも計れないところで冷たくなりながら、高熱に浮かされたいものだ。

私たちは、彼の運転する車で吉住夫妻をニューグランドホテルに送って行きました。そこのグリルで夕食を取った後、タクシーでお帰りになるということでした。正面玄関で、私たちは、お別れの挨拶を交わしました。奥様は、私の手を握り、お元気でね、と言いました。その手が暖いことに驚きました。私は、初めて奥様を可哀相にと思いました。同じように、お元気で、と返せなかったからです。

「あの人、もう長くないだろうなあ」

帰り道、車を運転しながら、彼が、ぽつりと言いました。私は、そうね、と相槌を打ちました。

「最後に握手した時、すごく手が冷たかったよ。あんなのって初めてだった」

彼の言葉を聞きながら、吉住さんが知っているのは、どちらの手なのかしら、と思いました。

「どうして、あの人が本当のお父さんだったってこと言ってくれなかったのよ」

「聞いたのか」

平然とハンドルを切る彼を憎らしいと思いました。

「それに、あなたの奥さんじゃなくて、どうして私に会わせたのよ」

「言い訳すんの面倒だから。あいつには親父もう死んだって言ってあるんだ。ま、ぼくが言ったんじゃなくて、おふくろが言ったんだけどね」

吉住さんも死んでいたのか、と私は呆れました。

「人殺し」

「人聞きの悪いこと言うなよ」

彼は、苦笑しました。この人には、永遠に私の気持など解らないだろうなあ、と思いついたら、何だか彼がいとおしく思えて来ました。でも、私だって、彼が本当は何を考えているかなど解りっこないのです。実の父親と会った時の思いを私に告げることなどあるのでしょうか。面倒な言い訳の必要ない女である私に。私自身も、また、そんなことなど望んでいないことに気付いてしまっているのでした。

「ぼくの部屋、寄ってくだろ？」

「寄らない」

彼は、運転中だというのに、驚いた表情で私を見詰めて尋ねました。

「え、何で？　生理なの？」

私は、その彼の反応がおかしくて笑い出した。彼は、何がおかしいのか解らないらしく首を傾げていた。まるで子供のような様子は、たった今、父親と会って来たからなのでしょうか。思わず可愛らしいなあ、と思ってしまいました。突然スピードを落とした彼に、後続の車がクラクションを鳴らした。やっぱり寄って行こうと思いました。ハンドルを握る彼の手は、まだ私をそそるのです。けれども、もう自分が後ろ手で、彼の車のクラクションを鳴らすことはないのを、私は知っていた。ピアノだって、もうそんなふうには弾きません。私は溜息をついた。高速道路の出口に着く頃には、私の体温は平熱に戻る。と、願ってはいるのですが。

フィエスタ

欲望!! またもや主人は私を気まぐれに呼び付けて、困らせる。いつもそれは唐突で、クロゼットにぶら下がる数多くの衣装から、ゆっくりと時間をかけて、たったひとつを選び取る楽しみすら、私には滅多に与えられないのである。仕様がないから、目につく解りやすい色のものを身にまとうしかない。ああ、たまには、ニュアンスのある複雑な色彩の中に身を置きたい。もっとも、呼び付ける当人は、準備を整えたこちらの思惑など知った事ではない、というように、私を良いように扱う。待機している私を、時には存在していないかのように、外の人々に対して取り繕う。良くもまあ平気な顔をして、と憎らしい思いが込み上げる時、私は誤った振りなどして片足を見せてしまったりする。注意深く私を覆い隠している薄い皮膚を突き破り。

さあ、皆様、ごらんあれ、私の主人の醜さを! 鏡に映るその顔を見るたびに、私はつくづく情けなくなる。それは、私を内包する彼女の顔の造作のせいばかりではない。容姿に対する諦め、怒り、そして、これが一番いけないのだが、はかない希望。それらが凝縮されて全身をくるんでいるのである。私は、溜息をつかざるを得ない。世の中に、無垢なる醜女などというものは存在しないのである。もし、そういう人間がいるのなら、どうか教えて欲しい。たぶん、その人は、ほとんど美女と見分けが付かないであろう。ジュリエットが舞踏会で仮面を付けたままであっても、きっとロミオは彼女に恋焦がれたと思われる。人生は、マスカレード。醜女に必要なのは、この心意気であるのに。たとえ永久に外れない仮面であろうとも、それさえ体得していれば、醜さは有効に活用出来る。一日に出会う人間は、いったい何人？　五人？　十人？　十五人？　その程度の人々に囲まれた世界で、美の基準を引っくり返すことなど、いとも簡単である。真の美しさという言葉は、ただの錯覚なのだ。クレオパトラの鼻の高さが三センチ高かろうが低かろうが歴史など変わりっこなかった、と私は断言する。何故なら、私自身が、その三センチのために身を粉にしたりしないから。したくもないから。

もう何年になるか解らない。主人は、ある特定の男のために私に呼び出しをかける。

それは、実際に、その男が目の前にいる場合もあるし、浮かんだイメージのためだけの時もある。いずれにせよ、私は、同じ対象のために、働かされているということだ。満たされれば、私はお払い箱になり、消し去られて、それは少しやるせないけれども、再生に向けて希望を持つことが出来る。ねえ、そろそろ生まれ変わらせてくれないものかね、御主人様よ。

執着は、決して醜女の特権ではない。どんな美女だってそうする。執着は、自分が望む量の関心を相手から与えられなくなった時に生まれ出づる。醜かろうが美しかろうが、それを持て余すのは同じこと。しかしながら、前者と後者には、行き着く先のおおいなる違いがある。美女は、自分を振り回わす執着を悪しきものとして扱う。立場をあやうくするとんでもないもの。けれども、虜にされて自身を失う。こんな筈ではなかったという思い。恍惚と苦痛の中で培養されて行く怪物。美女によって、執着は、本来の姿のまま、あるべき場所で育まれて行くのである。醜女の執着がそれと違うのは、あらかじめ分不相応な地位を与えられてしまうことである。見ていて可哀相だと、私などは思う。それだけならまだしも、責任を軽くしようと目論むのか、こちらまで呼び出されたりするから始末に負えない。側で観察していると、執着は、何度も入浴させられ、無理矢理、美しいものにされようとしている。不純物を取り除かれ、まるで別のもののように細工される。まあ、お洒落にされちゃって羨しい、などとは思えない。純化されたって、所詮、醜女を背負ったヤドカリ。重荷を背負って歩けば歩く程、自分本来の姿とはかけ離れて行く。泥水の心地良さを良しとして来たのに、いつのまにか美しい蓮の花。満開に咲き誇る純愛という名の花畑。花弁は一斉に台詞を口にする。ひそ。ひそひそ。ひそひそひそひそー っ。耳を澄ませて、私は呆気に取られる。花たちは、不本意ながらも、こう叫んでいるのだ。

「一途につらぬきます、この純な心。

迷惑なんておかけしないわ、忍ぶ恋」

……頭の痛いことである。何故に、このようなことのために奔走しなくてはならないのか。これに比べたら、食べ物を前にした時の慌ただしさなど簡単、簡単。トレーニングウェアに身を包み駆けつければ、それですむことである。主人によって、純粋であると勘違いされた恋ほど、私を疲れさせるものはない。だって、終わりがないのだもの。

ああ、そんなふうにぼやいていたら、またも呼び出しがかかってしまった。主人の瞳がせかしている。仕様がない。ここらで、ひと肌脱いでやるとするか。そう思って行くと、瞳は、もう既にルーペ状態になっている。男の姿は拡大されている。デスクに向かって仕事に集中している。主人のことなど、まるで眼中にない様子だ。そのつれない風情が、ますます彼女の気をそそる。こちらを見て、と願いをこめる。もちろん、見る筈もない。男は、主人の気持に気付くどころか、彼女を女として意識すらしていないのだ。コーヒーを運ぶ。顔も上げずに、ありがとうと呟く。少しばかり長過ぎる時間を、彼女は男への視線に費す。私は、必死に働く。ルーペを操作し、ありったけの熱を集めて、男の体の一点に落とす。男は、気配を感じて頭の後ろなどを撫でたりする。彼女は、誰にも気付かれないように小さく溜息をついて、その場を離れる。私の集中力は一気に途切れて、崩れ落ちそうになる。けれど、問題は、ここからなのだ。私は、妄想の間に移動を余儀なくされる。この瞬間がつらい。今回は、どのくらいの時間、軟禁状態にされるのか。甘やかされいたぶられ、それが果てしなく続くように思われて、へとへとになる。願わくば、主人の上司あたりが、雑用を言いつけて、妄想を丸ごと撤去してくれれば良いのだが。

「あなたが気付いてくれなくたってかまわない。私は、この先も、ずっと、あなたを見守って行く。それが、私の愛。何も求めやしない。だって、愛の究極は、無償。あなたが、隣の課の馬鹿女とつき合っているのは知っている。可哀相なことだと思う。あの女は、うちの課長とも寝ているのに、あなたは気付いていない。それどころか、同期の鈴木ともやったのよ。しかも、忘年会の二次会の居酒屋のトイレで。そんな汚ない女に、あなたが欺されていると思うと、ますます守ってあげたいと感じる。でも、私は、図々しい女じゃない。あなたを、ただ、ひたむきに愛したい。私のこの思い、いつか、きっと解ってくれると信じている」

主人の妄想の骨組みは、このように作られている。あのさあ、信じて何年になる？その間じゅう、私は、あの男にかまけなくてはならない。つくづく、隣の課の馬鹿女の欲望が羨しい。いつも、すっきりと発散して、私のように膿を溜めることもないのであろう。世の中間違っている。本当に不公平だ。醜女の家に生まれたものは、永遠に、鬱積した感情を抱えて行かなくてはならないのか。出自が欲望の運命を左右し続けるというのか。私は、別段、高過ぎる望みを持っている訳ではないのだ。ただ、時には、このもやもやを解消したいのだ。食べることによってではなく、眠ることによってでもなく、買い物をすることによってでもない。もちろん、がきじゃあるまいし、スポーツでなんて冗談ではない。ああ、このもやもや。何？　それこそが、私のアイデンティティを形成しているだと？　誰だ、そのような戯言《たわごと》をほざくのは。ち、理性、おまえか。そういう知ったかぶりが嫌なんだな、私は。確かに、もやもやすることで、私は、次第に実力を付けている。しかし、そこに、アイデンティティなどというこざかしい用語を使ってもらっては困るのだ。近頃、どいつもこいつも軽薄にその言葉を使い私を貶めようとしているが、そんな手には乗るものか。ええい、頭が高い。私は、人間が人間になる前から世界を支配して来た一国の王であるぞ。でもさ、それなのに、今は落ちぶれちゃって、主人の言いなりになって、ルーペで火を燃やしちゃったりしている。盛者必衰のことわり？　しゅん。なんて、そんな場合じゃないだろ、もっとプライドを持て。プライド？　けっ、プライドプライドプライド、天敵なんだよ、プライド。

熱き想い、について。思うのではなく、想うのであるよ。はたして、これを否定的にとらえる人がいるであろうか。自分勝手な恋に免罪符を与えて、熱い想いは駆け巡る。想像するだけで、ある者は憧れを抱き、またある者は、過ぎ去った遠い花火に思いを馳せて目を閉じる。遠い花火、それは、イコール、私たちの墓場。墓の上の花火見物の好きな輩は、たいてい、熱き想いも好きなんだ。私の主人も、きっとこの気苦労を、くすぶる花火のようにいつくしむことだろう。その時に、自己批判など、たぶん、ない。熱き想いが、実は、しつこい想いと同義語だなんて恥じることすらないのだろう。何だか腑に落ちないなあ。私が死んでしまった後で、遠い目をされたりしたら。でも、仕方がないね。熱き想いにはかなわない。私を一番酷使するのはそれだ。似合わない小綺麗な服を着て、全力を尽くしながらも、それをひた隠し、無垢を装う。私は、放蕩の限りを尽くさんとする自堕の王、欲望であるぞ、などと傍若無人に叫んでみたいものだが、許されない。やあ、ぼくは一途で何事にも正面から立ち向かう真摯な若者ですよ、なんて、うそぶかなきゃなんない。何なんだよ、熱き想い。事情があって、やりたくてもやれないってだけの話じゃん。そう、そして、私の主人の事情とは、彼女が男に見向きもされないということなのである。それをプライドが手助けなんかしちゃってさ。馬鹿女と自分が違うという言い訳をものにしている。私を呼び出す理由を何故明確にしないのだ。言え、言うのだ。さらば与えられん。ていうか、きみのために反乱を起こしても、こちらは、やぶさかではないのであるよ。

さあて、しつこい想い、もとい、熱き想いに征服された主人は、自分の席に戻っても、しばらくは仕事復帰出来ない。滞りなく一日が進行しているように見えるオフィスにも、おそらくさまざまな欲望が渦を巻いているのであろうと、私は、自分がそういう立場に置かれているから良く解る。主人は、もう男を見詰めてはいないけれども、実際に見ていない今の方が脳裏には明確にその姿が映し出されている。それを思うと、触れない恋において、生身の体というのは単なる情報にしか過ぎないのかもしれない、と思う。しかし、その情報が、ひとりの人間の時間を拘束する程の力を持つのは驚くべきことだ。現に私は、今、主人の瞳から得た男の仕草やらたたずまいなどを元手に力を貯わえている。体が、どんどん膨んで行くのが解る。あの人の手、というイメージがある。曖昧な箬の絵に、想像が手を加え、見る間に緻密さを増して行く。それは、都合の良いように美化され、やがて動き出す。すると、あの人の手に触れられたらどんなふうだろうという予測が、あの手に触れられたいという願望に変化する。その時こそ、私は、主人をそそのかす。描写に具体性を持たせて、触れられたいだろう、触れられたい筈だ。そう囁き続けて洗脳する。もちろん、主人は、立ち上がって触られに行くこともなく、その場で耐えている。私は行き場を失くして体じゅうを駆け巡る。出口なんかない。この苦しさ。やがて下半身は熱を持つ。私は、暑さに悶えて、また衣装を取り替えなくてはならない。主人は、まだ認めようとせずに瞳を潤ませて頬を紅潮させている。純愛だって？　いい加減にしろ、と思う。私は、とうの昔に性欲に衣替えしているというのに。熱き想い、それは、まだ無知である時代の熱き性欲。発情する自分に対しての客観性は、あらかじめ失われたままで、プラトン式の恋は進行して行くよ。私は、こんなにも苛酷な労働を強いられているというのにもかかわらず、無視されたまま。はしたないというレッテルを私に貼り付けたのは、いったい、誰だ。時代の移り変わりを肌で実感している他の人間に棲む欲望たちが羨しい。何が悲しくて身持の堅い醜女を主人に持ってしまったのか。この種の女に時代の流れなど関係ないのである。まあ、それでも開き直って、意味なく欲望をはじけさせている醜女に間借りするよりはましか。そこでは、我らが仲間は例外なく早死すると聞く。理性は未熟児のまま息絶えて久しいとも耳にする。不平不満をぶつけられる内が花ということか。あれまあ、いつのまにやら、想像力は唇に具体性を与えている。口づけは愛の序曲。柔かく包み込み、さらりと離れる。バタフライキッス。けけけけけ、想像力が躊躇している。主人は、実は、中学の同級生だった石原くんとして以来、口づけの味を試したことなどないのだ。それだって、二人の好奇心が偶然にも一致したという稀な瞬間だった。初恋のなせるわざ、と主人は勘違いしていたようだが、その後、石原くんが校庭の水飲み場で口をすすいでいたのを私は知っている。主人だってそれを見た筈なのだが、忘れたふりをした。以来、彼は、犯行現場の体育準備室には足を向けていない。主人は、と言えば、口づけは幼ないロマンスの成就と無理矢理、自分を納得させたまま今日に到っている。だから知らない。キスが濡れたものであることを。ロマンスの頂点ではなく、セックスの準備体操であることを。はい！　腕を伸ばしてー、膝を曲げてー、よろしく、舌を伸ばしてー、そこで絡ませてー、少し泳いでみましょー、と命令されながら体を暖める類のものであることを。だいたい、私の主人は、汗以外の体液を無視しているね。口づけが生み出す、ぬるぬるべたべたどろどろの液体を度外視しているものだから、私は、いつまでたっても、下半身で発散されることがない。夏、外回りから戻った男の額に浮かぶ汗を、清々しいなどと思う。その塩水は、腋の下にもしたたり落ちて、野卑な匂いを放っているかもしれないのに、そこには言及しない。唾液やら、小便やら、精液は、熱き想いの管轄外にあるらしいのだ。それらのために、呼び出しをかけてくれれば、私も欲望冥利に尽きるのだが。

こんな主人であるから、キスしたい、などと思われても、どうにも私はやる気が起きずに、だらけて手抜きしている。欲望の手抜き工事は、下半身を潤ませない。乾いた口づけのいったいどこがおもしろい。ああ、もっと活躍の場をこの私に。せっかく欲望に生まれついたのですもの。年老いる前にひと花咲かせたいものである。ニンフォマニアになれとは言わない。触覚をもっと活用させて欲しいのである。絵に描いた餅のためにこの身を捧げ続けるのは悲しいよ。触覚は、私のマッサージ師。彼らだって出番がないのを嘆いているよ。だんな、私らだって何も好き好んでお茶ひいてる訳じゃないざんすよ。とか何とか。

女って奴は、ある時期までは、処女というものを捨て去るもんだと思っている。ところが、ある時期からは、守り通すもんだと思い始める。守る必要もなくなった時に、そう思い込む、その心根が悲しいじゃないか。振り向いてもくれない男にかまけてる暇があったら、多少の難には目をつぶって、行き当たりばったりで、やれ。やってしまえ。いや、目をつぶってもらうのは相手の方か。それでも良い。私たちは楽になる。いやあ、昨今のその風潮に安易に迎合するのはどうですかねえと、渋る理性の顔が見えるようだが、いーや、そんなの気にしない。他者の意見にいちいち追従していたら、幸せになんてなれない。誰のための人生？　自分自身で切り開いて行かなくては何も始まらない。そう、私の前に道はない。私の後には道はある。ま、発散された脱け殻もごろごろ転っている筈なんだけどさ。

あーあ、昼で手抜きしていたら、今度は腕におはちが回って来たよ。抱き締められたい。そうですか。私としては、その主体性のなさが嫌なんだな。何故、抱き締めたい、と能動的になることが出来ない。あなたの胸は充分に広い。肩の骨も頑強だ。男を抱き締めることに何の不足もない。勝負したらどうだ。骨の折れる寸前まで、そのつれない男を抱き締めてやったらいかがか。ばきばきと音がしたって平気さ。会社の隣には、佐藤接骨院がある。抱き締められた末に骨つぎに通うなんて贅沢の極みではないか。それが可哀相というなら、コーヒーに入れるミルクの分量を増やして、カルシウムを強化してやれば良い。うむ、私としたことが、欲望のくせに、少しばかり気がきき過ぎたようだ。

抱き合い、口づけを交わす。主人は、それを完結と思うが、もっと、よおく体の声に耳を傾けてみたらどうだろう。さまざまなものたちのわめくのが聞こえる筈だ。中でも声を大にして主張しているのが私だ。その私に、同調するものは増え続けている。若き指導者。それが、私に与えられた役割である。責任は重い。でも、他者を従えるって気持良い。これを選ばれし者の恍惚と不安と呼ぶのか。そうか、それは、欲望のための言葉であったのか。それじゃあ、もっと偉ぶろう。人間の子孫の繁栄をつかさどるのは、私である。もっと大切にせんかい。大昔のテレビドラマの中では、シーツの上で握り締められた手たちだけが子孫を繁栄させて来た。今は、もうそんな時代じゃないだろう。体のでこぼこをもっと活用しろ。いや、私に、活用させて下さい。

などといばっていたら、お払い箱にされた。そんな、あんまりです、と抗議しようとして原因が解った。いつのまにか、隣の課の馬鹿女（Ⓒ主人）が、男の許に接近していたのである。どんな用事でやって来たのかは知らないが、二人顔を寄せ合ってパソコンの画面をのぞいている。怒りが慌てふためいて、急な呼び出しをくらったんでちょっくら出向して来ます、と走って行った。あ、待ってよ、置いてかないで、と続くのは嫉妬である。

「何なのよ、あの女。図々しいったらありゃしない。自分をもしかしたら美人だとでも思っているの？　化粧でごまかしてるだけじゃない。顔に出来たシミをコンシーラーの三重塗りで隠してるの、女が見れば一目瞭然じゃない。どうして、男は外見に欺されるんだろう。あんな淫乱な性格ブス。私は、絶対にあんなふうにはならない。いつまでも、ひたむきに、あなたを愛し続ける。側にいられるだけでいい。全身全霊で、あなたを想い続ける」

オブジェクション!! 嘘をつくでない。いつ全身を使った。使っているのは、瞳だけではないか。ただ見てるだけ。そりゃ、すごいなあと思わないでもない。瞳を窓口にして飛び込んで来た映像は全霊を支配して恋心の火を燃やす。自家発電さながら。問いかけに決して応えてはくれない相手との恋には終わりがない。もしかしたら、それが至極? それが恋における醜女の処世術? 私は、くすぶり続けることで主人の快楽に加担している? もしも、そうなら、私の御主人様は、相当のやり手。ひと皮剝けることを拒否して悦楽の天才に生まれ変わろうとしているのか。

主人の視線に気付いたのか馬鹿女は、こちらを見て笑う。そうだ、今夜の飲み会、彼女も誘わなーい? 男の肩に手を置き、馬鹿女は言う。男は困惑したような表情を浮かべて、い、いいけど。主人は引き立て役にされようとしている。周囲の誰もがそう感じているのが解る。くっ口惜しい。日頃、主人を醜女だ何だと嘲っている私ではあるが、こんな時には、やはり腹立たしさのあまりに身悶えしそうになる。ちょっと、何とか言ってやんなさいよ。それなのに、主人と来たら、御一緒します、などと応えている。ああもう腑甲斐ない。その不憫な様に、嘆き悲しんでいると、またもや怒りが私の許に転るようにしてやって来る。私ひとりじゃ足りないみたいなんで助けて下さいよお、とすがり付くから仕方ない。一肌脱いでやるかと着替えをすませるや否や、主人は、声に出さずに呟いた。

「殺してやりたい。あの女、絶対に、ぶっ殺してやりたい」

うわ、勘弁してくれよ、と思いつつも、もう既に私は喪服に身を包んでいる。早とちり？　誰もまだ死んじゃいないだろう、間抜けな私。殺人願望のために働かされるのは、あまり気分の良いものではないが仕方ない。これもまた永遠に成就することのない望み。私が、この人の中で権力を握り大きな顔をしていられるのは、かなわぬ夢の多さのためだ。発散出来ない苦しみが、私を高みに登らせているとは、何と皮肉なことであろう。

かつて、私たちは卑小なものとして、その存在を隠すようにして生きて来た。良い時代になったと、昔を知る欲望たちは言うだろう。発散が容易になった時代、確かに生きるのは楽なのだろう。しかし、そのことによって、欲望たちは、おおいなる価値を与えられたか。耐えて耐え抜きながら、私は自身の濃度が増して行くのを感じている。オールドファッションドを貫く体の内側で、本来のあり方を学んでいるような気もするのだ。卑小でありながらも全霊の運命の鍵を握るその姿勢を。行使されない絶大な力は、私の胸の中で眠っている。魂の栄養を啜りながら、やがて揺り起される時を待っている。

殺したい。ああ殺したい殺したい。私は念仏を唱えるように歌を歌う。あの男に抱かれたい、ああ抱かれたい抱かれたい、を編曲したものである。これは、時をやり過ごす方法として、私が独自に開発したのである。なかなか悪くない作用をもたらすと自負している。いつの頃からか、理性が側でハモってくれるようになった。時間外手当てをもらいますよっ、などとぶつくさ言っているが、いまだ支払いをしたことはない。ま、ま、いいじゃないの、この世界持ちつ持たれつですよ。ほうら、御主人様も落ち着いて来た。これで、私もしばし休めるというものだ。

「引き立て役にしたいのなら、どうぞ御自由に。でも、後で悔やむことになるかもしれないわよ。今は、体であの人を釣っているかもしれないけど、私の愛する人ですもの、そんなのは一時的なもの。まあ、ちょっとした病気のようなものね。彼には、女の内面の美しさが解る筈。何の損得もなく自分を慕う女の価値を知っている人よ。引き立て役に甘んじている私の清々しさ、きっと気付いてしまうかもしれないじゃない、その飲み会で」

古臭い。ここまで古臭いと、稀少価値で高値が付くかもしれない。主人を愛そうと何度も試みてはいるものの、気持は暗くなって来る。もうこれは、ひと眠りするしかない。えー？　寝ちゃうんですか？　ずるいですよ、自分ばっかり。理性の不平を無視して、本格的に眠りに落ちよう。御主人様、もっと男にかまけてくんないかなあ、休暇欲しいですよ。そんな声が聞こえて来るが、無視、無視。彼は、いつも私につき合わされているので大変だろうとは思う。でも、私が発散出来ないのは、おまえのせいでもあるのだ。本意じゃないんですよう、と傷付いた表情を浮かべていたが、それがおまえに与えられた修業なのだ。

熟睡している私が呼び出しをかけられたのは、飲み会も盛り上がりを見せる頃だった。いつのまに、こんなにも時間が経っていたのか。私は、やはりずい分と疲れていたらしい。寝ぼけ眼で、衣装を選んでいると、早く早くと憎しみがせかす。また、殺したい？　それとも殴りたい？　何があっても良いように、私は、再び喪服を選んで駆けつける。大変なことになりましたよ、と理性がすれ違いざまに耳打ちをした。ま、そのおかげで、私は、しばらく休めそうですけどね。

行ってみると、男は、馬鹿女との婚約を発表している。周囲、大拍手。何ということだ。主人も力なく拍手をしている。久々に条件反射ががんばっている。腕の見せどころですよっ、などとはり切った様子を見せていたが、すぐに出番は終わり、名残り惜しそうに退場して行った。幸福の絶頂という表情を浮かべた二人は、手を握り合っている。その男の手。空想の世界で何度も主人に触れた手。その時、それらは、まだ可能性を持っていたのに。殺したい、ああ殺したい殺したい。主人の顔から血の気が引いて、体じゅうが震え出す。そうだ、もっと怒れ。彼女は、夢を見させてくれる男だから好きになっただけだ。それを断ち切られて、もう価値はない。古臭い女。私は、主人をそう呼んだ。そんな女にとって、男の結婚は夢の終結を意味するのである。そして、そうなった時は潔い。愛情は、あっと言う間に憎しみに転化する。殺したい、ああ殺したい、殺したい。私は、いつものような投げやりな調子ではなく、真剣に歌う。主人は、もう既に、馬鹿女以上に男を憎んでいる。彼女は、今一番、ひたむきに男と対峙している。殺意を持つくらい、ひとりの人間に熱中している証があるだろうか。私は、今、ひどく感動している。醜女の主人が美女になり変わり、私を呼び寄せる。尽くしたい。私は、真底そう感じる自分自身に呆然としている。

男が酔いの回った良い気分のままトイレに立った。誰も気付かない。婚約の祝福は酔いに加速度を付け、もうその意味すらなくなっている。馬鹿女は、これがやり納めと言わんばかりに、他の男たちに酌をして媚を売っている。その喧噪に紛れて主人も席を立って男を追う。そして、すっきりとした顔でトイレから出た男を再び中に押し戻す。殺したい、ああ殺したい、殺したい。けれど、主人は殺すかわりに犯すことを選んだ。

あせったのは、私だ。おいおい、喪服着たままで良いのかよ。仕方ない。喪服着た性欲も、また魅力的だ。いいぞ！　やれ、やっちまえ。あれ？　性をそそのかすかけ声と殺人をそそのかすそれは一緒だな。ま、いいか。やりたかったこと、全部やる。触れられたかった。口づけされたかった。抱き締められたかった。それだけですんでいたのは、主人の思いやりだったのだ。知らないよ、知らないよ。殺意が純愛の本音を探り当てちゃった。触ってやる。口づけてやる。抱き締めてやる。主人は、男の抵抗などものともせずに、骨の音がする程抱き締めた。そんなんじゃ生ぬるいぞ。私は、興奮して叫んだ。主人は、男の口をこじ開けて、自分の舌を差し込んだ。そうだ、そうだ、上等のタンを味わいやがれ。私は、あまりの快楽に我を忘れそうになりながらも、しっかりと見届けようとした。発散している。今まで経験のない方法で、私は発散されている。ジッパーは降ろされ、中のものが引き出され、そこには、奴隷になって監禁された男の欲望がいる。私は、強烈な優越感を覚えてそれを見る。私は、欲望を見下せる欲望になった。とうとうここまで来たか。今まで我慢して来たこと全部してやる。とりあえずは高笑いだ。わーっはっはっは。理性よ、ぐっすりと休みたまえ。私は独壇場で踊り続ける。今日は、たったひとりのワルプルギスの夜。殺意が私を尊敬の眼差しで見上げる。憎しみは感涙にむせぶ。嫉妬が天を仰いで感謝する。純愛が脱皮して、絶望と抱擁している。祝祭《フィエスタ》。パーティ。カーニバル。主役は、この私だ。

引き抜かれた自分のベルトで男は手首を縛られている。その主人の力の強さを、私は愛する。快楽の極みは、我慢の頂点で、それがまっとうされること。私は、今、どんな美女の中に棲んでいても味わえなかったであろう美味を堪能している。咀嚼すれば、する程、自分が消滅に近付いて行くのが解る。でも、それでも良いじゃないか。体から流れ出るあらゆる種類の体液にまみれて、私は、永遠に滅びの美学を甘受する。もうじき、私の中のひとりは確実に死を迎える。なるほど、と私は、上着の裾を引っ張ってみる。喪服を選んだのはそういうことか。無意識よ、ありがとう。私は、自らの死を正装で祝福する。

姫君

わずか、10《テン》ＣＣ。それっぽっちの量の快楽を放出するなんて非常に可愛らしいと思うのがこつかも、と感じるわたくしは、ちっとも美しくないけれども、男を楽しま《プリ》せる《ーズ》作法には長けている。何でもしてやらあ。と、同時に、何もして差し上げなくってよ。何でもおやりになって。と、同時に、何にもさせねえよ。欲求は、満たされたりされなかったり、そう、禍福はあざなえる縄のごとし、それをまっとうした末の快楽こそ強烈なのであって、そこを通過しない10ＣＣに高値は付かない。解らない奴には、教えてあげる。そんなわたくしの教示を男たちは恋と呼び、わたくし自身は腹ごなしと片付ける。そう思いながら、彼らを見詰めると、体温は沸点を迎えて音を立てる。プリーズ、プリーズ、プリーズ!!

わたくしの名前は姫子というが源氏名である。源氏名ったって、わたくしは、これまで水商売に身をやつしたこともないし、風俗店で荒稼ぎしたこともない。じゃあ、何のための源氏名かって？　世界のために決まってるじゃないか。この世界そのものが、わたくしの縄ばり。わたくしの個室。わたくしの店。そう、店を広げるわたくしには、やはり源氏名が必要だ。だから、わたくしの名は姫子。だって、お姫様ですもの。掃き溜めの中にひっそりとたたずむお姫様。ほほほほほほ。

で、わたくしは、本当に今、掃き溜めの中にいる。一昨日から何も食ってない。食べ物を求めて食堂街の路地裏をうろついているのだが、あまりにも誇り高いので散歩の演技をしているのである。先程、とんかつ屋のごみ用ポリバケツに、まだ暖かいであろうロースかつが捨てられるのを見た。わたくしが、さりげなく機会をうかがっていたら、野良猫がやって来てバケツを引っくり返し、素早くそれをくわえて走り去ってしまった。口惜しいけれども仕方なかろう。猫の腹は大きかった。おりしも季節は、春。真夜中の暮春の孕み猫なんて美しい情景ではないか。わたくしは、こんな場末でも、邪宗門秘曲を呼び寄せる。世界の主人公だから無理もないことだけれど。わたくしは、再び探索の旅に出る。それなのに、野菜のしっぽや使用済みの割り箸にしか出会えない。どちらも、わたくしを満たすことは出来ない。ああ、とても腹ぺこ。本気である。このわたくしが本気であることなんて年に数回しかないというのに。それに、とても疲れていて眠い。昨夜は、古びたビルの階段で寝たが、春と言っても、さすがに明け方は寒い。食べ物も必要だが、枕も必要だ。枕を捜すには男が必要だから、そのための力を貯えるためにも飢えを満たす方が先である。

わたくしは、人気《ひとけ》のないのを確認してから、目についたごみ用ポリバケツを片っぱしから開けて行った。それなのに、わたくしの所望するものはなかなか見当らない。何故、神は、このような試練を、わたくしに与えるのであろう。もう神は、神様なんかじゃない。こちらで見捨ててやる。と、思った矢先、まさに、わたくしの晩餐に相応しいものを見つけた。殻付きの生牡蠣である。しかも大量に。まいったな、神様って奴には。ずい分と意表をついたことしやがる。洒落た真似と言うのか。レモンも白ワインもないけれど許してやろう。と、ひとつめを殻から剝がして口に入れようとしたその時、しゃがみ込んだわたくしの頭上から声がした。

「それ、腐ってますよ」

見ると、定食屋の裏口に男が立っていて、わたくしを不思議そうに見降ろしている。

「うちのおやじさんが、お客から大分前にもらって牡蠣酢にしようと冷蔵庫に入れたまま忘れてたんですよ。第一、もう季節外れでしょう？」

涙が出て来た。でも、泣かない。わたくしは、このような即物的な理由で泣くような人物ではないのだ。

「腹へってんですか？」

わたくしは、下を向いたまま黙っていた。このような男に軽々しく口をきかれたくない。

「腹、ものすごくへってんですか？」

男は、もう一度尋ねた。そして、わたくしと同じようにしゃがみ込んで、目を合わせようとした。

「もう上がりなんですけど、おれんち寄って何か食ってきますか？」

わたくしは、顔を上げて、ようやく男の顔を見た。ま、まばゆい。これまでのわたくしに対する神の狼藉を、瞬時に許す気になった。食べ物と枕、両方が手に入ったのを確信したのである。

「いつからホームレスになったんですか？」

定食屋の男は、わたくしの大きな紙袋やらボストンバッグを積み上げた自転車を押しながら、あらゆる質問をしようとしていた。わたくしは、そのどれにも口を閉ざしていた。

「ミニスカートの裾、ほつれてるけど、まつり縫い出来ないんですか？」

「夏にうまい三陸の岩牡蠣って知ってますか？」

「ストッキング、激しく伝線してるけど、パンクですか？」

「今夜みたいのを朧月夜って呼ぶらしいですけど、おぼろとでんぶって同じですよね？」

さらに無言でいると、彼は、わたくしの肩を押して「ねえ！」と言った。

「触んないでよ、気易いったら」

「聞いてんですよ」

「あー？」

「おぼろとでんぶですよ」

「好きだけど、どっちも」

「え？　同じものじゃないんですか？　ま、いいや。実は、店のおかみさんの手作りのやつ、もらって来たんですよ」

「そう。じゃあ、春子《かすご》、小鯛に嚙ませて握ってちょうだい」

「……はあ？」

辿り着いた先は、五日市街道の裏手にある小さなアパートだった。入口に打ち付けられた汚れた板に「りんりん荘」と書かれている。どうせ大家の苗字は鈴木であろう。

「ここの持ち主の名前ってさあ」

「あ、鈴木さんていうんですよ。気がきいてるでしょ？　りんりんりん。ま、上がっちゃって下さい。今、何か作りますから、くつろいでて下さいね。汚ないとこだけど」

古びてはいるが片付いた部屋だった。わたくしは、掛かっている簾を上げて窓を開けた。隣接した建物の間から見える月が闇に滲んでいる。なるほど、朧月夜という言葉が昔あったっけ。体から心地良く力が抜けて行くのを感じて、わたくしは自分がとても疲れていたことに気が付いた。癒す場所のある疲れは、わたくしを脅かさない。今日は、ここに寝る。そう決めた。

男は、立て掛けてあった卓袱台を広げて、その上に料理を並べ始めた。

「これ、珍しいね」

「卓袱台のことですか？　拾って来たんですよ。素敵でしょう？　自慢じゃないけど、おれ、ごみ拾いの天才なんですよ。ここにある家財道具は、ほとんどがもと粗大ごみなんですから。アンティークと紙一重の良い味出してるでしょう？」

「このギターもそうなの？」

わたくしは、側に置いてある傷だらけのギターケースを指した。

「それは、違います」

男は、きっぱりと否定して、誇らし気な表情を浮かべた。

「そのギターは、ある天才吟遊詩人から譲り受けたものなんです」

「……それは、誰？」

「父親です。彼は、天才ギタリストでもあった。おれも、彼の遺志を継いで同じ道を歩もうとしているんです。だから、家賃は高いけれど、ここに住んでいるんです」

「ここ？」

「中央線ですよ。ボヘミアンの聖地と言えば中央線じゃないですか」

わたくしは、すっかり鼻白んで、箸を手に取った。だし巻き玉子やほうれん草のおひたしなどが並んでいる。でんぶは、もちろん寿司だねには使われず、そのまま小鉢に入れられていた。

男は、わたくしに、そば猪口を渡し、そこに一升瓶から日本酒を注いだ。そして、既に注いであった自分の分をかざして言った。

「山本摩周といいます。お見知りおきを」

はて、摩周とは、また面妖な。わたくしの怪訝な表情に気付いたのか、彼は付け加えた。

「父が付けた名前です。両親が北海道に旅行に行き、摩周湖のほとりで結ばれたんです。その時の愛の結晶が、おれという訳です。どうです。詩人ってさすがでしょう？」

「じゃあ、結晶って名前付けときゃ良かったじゃん。あたしだったら、そう付けるね」

そう言って、わたくしは、日本酒を一息に飲み干した。

「おかわり」

摩周は、怯えたように、再び酒を注いだ。

「あの、お名前を教えていただけますか？」

「姫子」

「はあ……姫というより、殿って感じですね」

「あー?」

「いえ、たわ言です」

わたくしは、酒を啜りながら月を見た。殿か。それも悪くない。春の宵。喉元を通り過ぎる涼しい酒。既に夜伽の相手もいる。一国一城の主。天晴《あっぱれ》。

言わずにはいられなかった。摩周は、自分が生まれて初めて女と暮らしているという事実を思うと、叫び出したい気分になるのだった。大事件。しかし、この種のことが世の中ではありふれた男女の成り行きとして片付けられてしまうのを知っていた。自分の場合だけは違うのに、と彼は残念に思った。姫子のような女を他のどの男が知っているだろう。いや、知っていたとして、いったい何人が彼女の本質に触れることが出来るだろう。見る目のない連中は、彼女を見て、たぶんこう思う。何だ、ただのくそ生意気なえらい勘違いの超あばずれのど貧乏な女じゃないか。もしも、そう一笑に付す輩がいたら、彼は、きっぱりと言い切るつもりだ。それは、仮面である、と。彼女は、ただ世の中を欺いているだけなのである。いったい何故欺く必要があるのかは解らないが、でも、そうなのだ。世界に対して源氏名を使う女をひとり占めしているという事実は、彼を興奮させる。ひどく。彼は、吹聴して回りたい自分を必死に抑えていた。願わくば、色に出にけりな自分の風情に気付いた人々が、まことしやかに語り継いでくれれば良いのだが。彼は、噂になる自分を想像して胸をときめかせた。

ところが、バイト先の食堂の主人夫婦も友人たちも一向に、彼の心境の変化には気付かない。ようやく彼は、人々に小出しにしたアイデアを与えようと思いつく。

「あのお、この残っちゃったお煮しめ持って帰っても良いですか？　夜食に二人で食べたいんで」

ところが、主人は、あっさりと言うのだった。

「いいよ、ついでに、期限切れになっちゃったから、この明太も持ってきな。バンド仲間も金ないんだろ」

今度は、行きつけの居酒屋で働く友人に言ってみた。

「しかし何だね、女の長い髪というのは、洗うのに手間がかかるものだね」

友人は、うるめいわしを差し出しながらあっさりと忠告した。

「美容師への道は厳しいよぉ。止めときなよ、あれがカリスマだったのは、大昔」

いつも井の頭公園で会うギター仲間に打ち明けたつもりにもなった。

「彼女が、こっちのベルトを外す音を聞いただけでたまらないね」

すると、ギター仲間は、リズムを取りながらとがめるのだった。

「風俗の女にはまったら、おしまいだべ。おめ、そんな余裕あるなら、飯おごれったら飯おごれ。ああ、ラッパーに転向しよっかな」

他人の関心を引かないということには自信があった。少し寂しい気もしないではなかったが、今度は、姫子とのことを秘密として大切に保存する喜びに、摩周は胸を震わせた。おれのことなど、誰も知りたがらないのだ。けれども、人が知りたがらない事柄って、必然的に稀少価値としての地位を保つのではないのか。秘宝って言葉があるではないか。既に見つけられていて、何故、秘なのかは解らないが、彼は、その思いつきに、我意を得たりという気分になった。早速、歌を作ろう。そして、ギターを弾きながら、姫子のために歌ってあげよう。彼女は、一日じゅう部屋でごろごろしているから、きっと、人生に倦んでいることだろう。そんな彼女の耳に美しい音が流れ込む。うっとりと目を閉じ、彼女は、もう一曲と所望するだろう。ああ、ギター弾きで良かった。

ぼくの宝箱の中に棲む
秘密の宝石
きらきらと輝きを増してゆく
そのブリリアントな横顔
そんないとおしいきみのために
ぼくの愛は歌を奏でる
永遠《とわ》に　永遠に

わたくしが蹴り上げた卓袱台から、グラスが飛び、注がれていたビールがぶちまけられ、摩周とギターはびしょ濡れになった。彼は、呆気に取られた様子で目を見開いている。

「F1グランプリの優勝者にかけるシャンペン、の、つもり。アンコール」

わたくしの言葉に顔を上げ、摩周は、したたる滴を拭いながら、再び歌い始めた。

「ぼくの宝箱の中に棲むー」

「ん、な訳ねえだろ!!」

わたくしは、今度は、彼の頰を拳で殴り付けた。彼は、ギターごと畳に引っくり返って呻いた。痛かったであろう。でも、わたくしの拳の方が数倍痛い。わたくしは、右手を押さえてうずくまった。彼は、慌ててギターを放り出し、わたくしの許に駆けよった。

「そんな歌は、新宿コマ劇場横の噴水前で歌えっていうんだ。ふざけんなよ、馬鹿にしやがって」

「コマの前なんて関係ないんだ。おれは、中央線の誇りを持っている」

「新宿だって中央線止まるだろうよ」

「いーや!!」

摩周は、意味なく、きっぱりと言う。

「おれは、中野より東京方面を中央線とは認めていない」

「どうだっていいよ、そんなこと。そんな陳腐な歌、大嫌い。今度聞いたら死ぬ」

情けなさのあまりに涙が出て来た。本来であれば、このような男の前で涙など流さない主義なのであるが、わたくしが、どのような醜態を見せようとも、彼ほどは情けなくならないような気がする。だから、安心して情けなくなれる。

「手から血が出てる」

摩周は、救急箱から出したマキロンをクリネックスに染み込ませて、殴ったはずみで出来たわたくしの切り傷を拭った。わたくしは、しずしずと手を差し出しながら、彼と共に眠った最初の夜のことを思っていた。

あの夜、摩周は、食事の後、すみやかに卓袱台を片付けて布団を敷いた。その素早さに、わたくしは、あれこれと勘ぐらずにはいられなかった。この男、純朴そうに見えて、案外やり手？　とか何とか。わたくしの視線に気付いて、彼は、顔を赤らめながら言った。

「おれ、前に、バイトでストリップ劇場の布団敷きやったことあんですよ。そう言えば、姫子さんて、あの時、おれが憧れてたマリアお姉さんに似てるな。やっぱり、そういう昆布みたいに長くて真っ黒な髪の毛してましたよ。良い出汁《だし》取れそうな」

わたくしは、彼のめくった掛け布団の下に体を滑り込ませた。布団にくるまったわたくしを確認した後、彼自身は、畳の上に横たわった。

明かりを消した部屋を照らすのは、街灯か。まさかこんな路地裏に、月明かりではないだろう。半分開けた窓からは、春の夜気が流れ込む。どこかで追いかけっこをしている猫。夜中だというのに夢中だ。ごみ箱を引っくり返してまで発情してる。ばたんばたんと音がする。目を開けて、半分起き上がり、今度は、わたくしが掛け布団のはしをめくる。

「ここにお入りなさい」

「え？　いいんですか？　おれ、何もしないでいる自信ありませんよ」

「じゃあ、自信を持ちなさい」

「そ、それは、何もするなということですね」

その通り。こらえている様子というのが、男を一番魅力的に見せる、とわたくしは思う。それが、どのような原因からであろうとも。魅力はクロスワードパズルのように徐々に完成されて行く。こらえている額、こらえている眉、こらえている口許などなど。わたくしは、シーツに頬を押し当てて、こちらをうかがう摩周の瞳の色に才能を感じる。わたくしをとてつもない幸福にいざなう才能。そのことに、わたくし自身驚いている。もしかしたら滅多にない掘り出しもの？　タテのカギ、ヨコのカギ、もっと埋め込みたい。わたくしにそうされて、全身でこらえてごらん。わたくしは、もう既に、彼の魅力の完成を夢見てる。出会ったばかりだというのに。

「布団手早く敷くのが得意でも、あまり役に立たないものなんですねえ」

「早く横になりたいって思ったあたしの役には立ってるよ」

「それで良しとしましょうか」

「そうね。でも、あたしは良しとしないけど」

わたくしは、彼の顎を持ち上げて口付けた。時間をかけて味わいながら、わたくしは思う。春は、唇が、溶けやすい。

あの時から、何度、共に眠りについたろう。わたくしたちは、前よりもはるかに近付いてはいるけれども、少しも親しくはならない。クロスワードパズルは一向に完成せず、だからこそ、わたくしは、彼に意欲を持ち続けている。欠けた部分だらけ。それを埋めようとすればする程、空白部分は見つかり、わたくしは、彼を愛さなきゃなんない。ほら、今も溜息をこらえてる。その唇、完璧。

「マキロンがあるんなら、ついでにピアスの穴、開けてあげる」

「……消毒薬は結果でしょう？　耳に穴を開けるのがついでにはならないのでは。針があるついでとか言うなら解るけど」

「消毒薬がある。それなら、ついでに何かを消毒したい。じゃあ傷を付けよう。でも、どうせなら、それを役に立つものにしたい。ほら、やっぱピアスしかないじゃん。摩周、針！」

　彼は、促されるままに、裁縫箱を出した。それは、二段式の籐のバスケットで、蓋の裏側が針刺のクッションになっていた。おまけに、側面にはビーズの薔薇が縫い付けられている。その可憐な様に、わたくしは、再び苛立ちを覚えた。

「さっきの歌といい、この裁縫箱といい、何だって、あんたは、いちいちファンシーなの？」

「それ、天才お針子のかたみなんです」

「お母さんも死んじゃったの？」

「うん。パッチワークの好きな人だった。ほら、あそこに掛かってる布巾。あの刺子も母親の遺作なんだ。すごいでしょう？」

「他に誰のかたみがある訳？」

「天才棋士と天才花道家と天才登山家と天才サーファー……の恋人のが」

「お祖父さんもお祖母さんもお兄さんもお姉さんも、死んじゃったの？」

「はあ、一ぺんに。ワゴン車に同乗してて高速で交通事故に遭っちゃって。でも、全員一緒だから寂しくないだろうなって」

「あんたは？」

彼は、わたくしに目で問いかけた。

「摩周、あんたは寂しくないの？」

「大丈夫。自分が人を寂しくさせるよか、よっぽどましですよ」

そう言って、彼は、微笑みながら針の穴に、ビーズ細工用のテグスを通そうとするのだった。都合良く色々なものが出て来る家だ、とわたくしは思いながら見ていた。

「糸、通ったけど、本当に、これで開けるんですか？」

「摩周、焼酎！　それと氷！」

彼は、怪訝な表情を浮かべながら、台所から氷の入った焼酎のグラスを運んで、わたくしに渡した。

「マキロンより、こっちの方が効くと思うよ」

わたくしは、氷と焼酎を口に含みながら、彼の耳朶をくわえた。

「うおおお、耳が溺れる」

充分に耳朶が冷えたところで、それを口から引き抜き、まだ叫び声を上げている彼を無視して、真ん中に針を突き刺した。さらに大声で叫ぶ彼を、またもや無視してテグスを通して輪を作り結んだ。鋏で余ったテグスを切り、満足して見ると、彼は、畳にうずくまって痛みに耐えている。

「一カ月ぐらい毎日消毒するんだよ。そうして、穴が出来上がったら、ピアスを買ってあげる」

わたくしが、耳許で囁くと彼は苦し気に尋ねた。

「金、あんですか」

く、痛いとこを突きやがる、と思ったが、わたくしは、極めて楽天的な調子で答えた。

「何とかなるさ。あたしに何とかならなかった事柄なんて、ない」

「体売って金作ろうなんてのだけは止めて下さいよ」

「う……売る気なくても、向こうが勝手に献上する場合だってあるじゃん」

「後生ですから、売りだけは止めて下さい」

「あー、なんかー、それってー、口うるさい侍女とかそういうのみたいでー、性に合わないって言うかー」

「お願いですお願いですお願いですって、お願いしてんじゃねえか」

わたくしは、しゃがみ込んで耳を押さえたまま懇願する彼を、しばらくながめていた。いたいけな気がする。うい奴。滅茶滅茶にしてやりたい。わたくしは、今、そういう衝動に耐えている。可愛いがって、可愛いがって、可愛いがり過ぎて、粉々にしてしまいたい。そう感じさせる彼が、何だか憎くもある。憎いという感情は、相手に向けなければ自分に向かう。針の先。向けるのはあなたの耳。

「姫子さんには肉体労働なんて似合わないよ」

「別に、スコップ持って穴掘るとか、そういうんじゃないんだからさ。それに、働かざる者食うべからずだよ」

「充分、食ってるじゃないですか」

わたくしは、言葉に詰まったまま彼を見詰めた。すがるような瞳にぶつかる。ヨコのカギ、一行埋めた。わたくしは、お願いされるのが好きなのだ。とりわけ、この男に。プリーズ！

「姫子さんは、おれの耳酒で、いつも酔っ払ってりゃいいんです」

その言葉に、突然、中枢神経は麻痺してしまい、わたくしの体は、ぐらりと揺れた。

摩周は、姫子の目に触れないところで詞を書き続けていた。そして、時には、それにメロディを付けて歌ってみた。その中のいくつかは、我ながら本当に良い曲だと思う。ファンシーなのが何故そんなにいけないのだろう。彼は、姫子の言葉を思い出す。たとえば高原のペンション。その側に広がる牧場《まきば》。緑の中を姫子が駆け抜けて行く。摩周、あたしを追いかけてごらん。彼は、風にはためく彼女のペチコートめがけて走る。姫子さーん、と彼は叫ぶ。こっちよ、摩周。もう少しで彼女の長い髪に触れようとした、その時。あああああ。彼は倒れ、全身を地面に打ち付けて呻く。体を横たえたまま、足許に目をやると、草は結ばれて、わなになっている。わな？　今時、何故、このようなわなが？　自分の上に落ちた影に気付いて顔を上げると、逆光の中で姫子が笑っている。あたしは草のわなに引っ掛かるような男が好きなのよ。そういう男を捜していたのよ。たとえば、摩周、あなたのような。

おれは、姫子さんに愛されているのかもしれない。彼がそう思い始めたのは最近のことだ。彼女は、彼を、いつも傍若無人に痛めつける。けれど、その直後、彼女は実に優しい目をするのである。自分の何かが彼女を満たしている。そう感じる。自分の反応が、ひとつひとつ欠けた箇所を埋めて行っているみたいな気がする。まるで、ジグソーパズルをしているように。彼は、いつも受け身であるように見えて、実は、パズルのピースを手にしている。絵が完成されるのが、はるか先であるのは解り切ったことなのだが。あるいは、永遠に完成されないのかもしれないが。どういう所に行き着くのかは解らないけれど、と彼は思う。このまま姫子さんと、続けたい。

「摩周、おめ、最近、ラブソングしか作んなくない?」

公園のベンチでギターをつまびきながら友人が言った。それぞれミュージシャンとしてデビューした暁には、ユニットでも組もうと約束している仲間のひとりである。

「なんかさあ、もうちょっと、社会派の視線って欲しくない?」

そうかなあ、と摩周は思う。目の前に広がる社会は、いつだって個人の都合で姿を変えてしまう。彼にとっての重要事は、姫子の待つ部屋にしかないような気がする。ということは、彼の中心社会は、今、あそこなのだ。

「彼女出来たらしいけど、その女のこと、そんなに好きなんだ」

「うん！」

「ち、いいよなあ、気楽で。うちなんか親父が、クリーニング屋を継げってうるさくってよ、アーティストに向かって、ひでえと思わねえ？」

友人の愚痴を聞き流しながら、摩周が思いを馳せるのは、やはり、姫子のことである。忘れていたなあ、と彼は心の中でひとりごちる。誰かをいつも気にかけているというのはいいもんだ。他人に対する小さな心配は、心を暖くする。彼は、その思いつきに、ぬくぬくと浸りながら、ありがたいことだと手を合わせたくなる。自分が思いやりを持たれていないというのも良い。愛は、欲しい。けれど、彼は、愛と思いやりが一緒になって自分に向けられると後ずさりしてしまいたくなるのだ。恐怖を感じると言っても良い。自分が、とてつもない力に侵食されるような気がするのである。彼自身も、誰かを侵食したくはない。影響力を持たない自分でいたい、と思うのだ。姫子に、どのような仕打ちをされても、彼の一番奥底にあるものは痛まない。そう信じていると、姫子が自分に与えるものは、快楽に近付いて行く。姫子さんに支配させたい。このおれを。そう思うことは、彼を、決して削り取ったりはしないのだ。

「お、ちょっと、おれの話、聞いてんの？」

「え？　何だっけか」

「そのラブソング、彼女に歌ってやったりする訳？」

「その内、ね」

それが、いつのことになるかは、さっぱり見当も付かない。ただ、献上したいなあとは思っている。彼が、自分の意志で姫子を抱いたことは、まだ一度もないけれども、そういう時が来たら、歌い続けようと心に決めている。彼女の体を自由に扱わせてくれたお礼だ。また、ファンシーだと怒鳴るだろうか。そうなっても、きっと、歌い続ける。今度は、彼女の耳に、酒。酔っ払うまでそうしよう。

「摩周、おれらが歌を歌って喜ぶ女がいるのかなあ」

「さあなあ。でも、喜ばせようと思うのが大事なんじゃないかなあ」

「歌で喜ばせようなんて、相当、古臭いことやってるよなあ、おれら」

「それは、仕様がないよ。大昔から続いている伝統だもん。変わんないよ。これからも、続いてくんだよ。少なくとも、おれらが、この世からいなくなるまでは」

「だといいな。そうでなくなったら、おれ、この世に未練なんてないよ。死ぬ」

「死ぬ死ぬ言うなよ。言わなくたって、いつかは死ぬんだからさ」

摩周は、友人の口癖を笑ってたしなめた。そうしながら、そうだ、声には出さずに、いつも姫子さんの前で歌っていようかな、と思いつく。その時、何故だろう、草を結んだわなが、ちらりと脳裏をよぎったのは。彼は、ただ、首を傾げるばかりであった。


毎日、おれが仕事に行っている時、姫子さんはどうしているの？　と摩周が聞くので、どうもしていないと答えた。すると、そんな筈はないでしょ、人間は、必ず何かをする生き物なんだよ、と生意気なことを言う。でも、実際のところ、わたくしは、彼の部屋で何もしないまま生きている。窓辺に腰を降ろし、風に吹かれて外を見る。時々、彼の買いおきの酒を飲み、煙草をふかしていると夜になる。いつのまにやら時がたっている。一生ぶん、ぼんやりしているような気分だ。けれど、毎日一度は思う。日が暮れるのは良いもんだ。その満足を確認するのが一日の区切りになる。わたくしの日課。自分自身に課した唯一のおつとめ。暮れかけた空気の中で膝を抱えるのは、もう趣味と呼んでも良いだろう。

「姫子さんが、薄暗い部屋で体育座りをしているなんて、想像しただけで涙が出て来る」

「は？」

「寂しくないよね、そういう時、寂しくないんだよね」

「ばかもの」

「ふうっ、良かった」

摩周は、安心したように胸を撫で降ろした。馬鹿と呼ばれてほっとするこの男の気持が解らない。

「だって、おれを馬鹿と思う時って、たいてい姫子さんが幸せな時じゃないですか。ううう、うーん、おれ、ずっと利口になれなくたっていいや」

何を言っているのか。彼は、気味悪気に見詰めるわたくしの視線を意に介さないかのように笑っている。彼は、これまで出会った人間の中で、一番馬鹿みたいに見える。そう思うわたくしが幸せ？　彼の方が余程幸せそうだ。

「起きて仕事に行き、全部終わって、友達と一杯やりながら、ああ、姫子さんを待たせちゃってるなあと思うと、つくづく……」

彼は、そこで言葉を切り、溜息をついた。わたくしの内側に、急に苛立ちが湧くのを感じた。それは、いつもは静かに眠っているのだが、彼のある種の言動によって唐突にせかされるのである。小さく嚙み付かれたというふうに感じられるのである。静かにだましていたものに楯突かれた、とあせるような気持でもある。

「つくづく何なのよ」

「申し訳なくて……それが、どういう訳か嬉しくてたまんないんですよ」

わたくしは、吸っていた煙草の火を、彼の手の甲に押し付けた。ぎゃっという悲鳴と共に、彼は手を引っ込めた。

「ど、どうしたんですか。根性焼きの世代なんですか」

わたくしは、煙草をもみ消し、彼に飛び掛って押し倒した。彼は、目を見開いたまま、次に起きる事態を待っているようだったが、わたくしがTシャツを脱がせようとすると、困ったように言った。

「あの、布団敷きましょう。おれ、それ、得意ですから」

「いらない」

「いらないって、そんな。姫子さん上に乗っかったら、畳で膝小僧をすり剝いちゃうでしょ」

なるほど。

「じゃあ、摩周が上になって」

「いいんですか!?」

許す、と言う代わりに、わたくしは、畳と彼の体の間に滑り込み、首に腕を回わした。

「申し訳ないなあ」

それが嫌なんだ。申し訳ないと思う時、人は、いつも上になっている。こんな男にそうされてる。わたくしとしたことが、と思う。それなのに、心地良い。屈辱は、快楽で相殺されている。思えば、いつもそうだった。仕返しの機会を待っていた。どうして摩周を、その標的にしたいと思うのか、それは、今でも解らないけれど。

「不思議だなあ。姫子さんとこういうことが出来るって、出会う前の自分に教えてやりたいなあ。飛び上がっちゃうよ、きっと。ていうことは、こうやってる今の自分も飛び上がっちゃうような出来事、後々、起きたりするのかなあ」

嬉しそうだ。でも、わたくしは、彼ほど嬉しくない。数分後、あるいは数十分後か、ことが終わった時、ますます嬉しくなくなるのを、わたくしは知っている。飽食した相手の表情を見るのが嫌だ。それより、もっと嫌なのは、同じように飽食した自分を見られることなのだ。たった、10ＣＣのプロティンのために。わたくしは、少しばかりの軽蔑を二人の体の隙間に持ち込もうとする。そうすると熱中出来る。相手を見くびりながら抱くのは、いつのまにか、素晴しい。

「毎日、家に帰って、毎日、こういうことをして、その内、それが姫子さんの習慣になるといいな」

「そういうのを退屈って呼ぶんじゃないの？」

「退屈って、おれにとって、かなわない夢のような気がする」

「夢!?」

「そう、夢」

こうしていることが、彼を夢に近付けているなんて、おかしなことだ。規則的に行き来する体。不規則に動く手のオプション。夢を探り当ててる？　ああして、こうして、とわたくしは言い、彼は、時には、そうしない。なんて、馬鹿な奴。わたくしに、そう思わせるために、そうしない。そして、こらえている。その表情。ここに居付いてからの大切な娯楽。待たせているのは彼の楽しみ。自分自身をじらしている。痛みに至らない自傷行為をくり返して、彼は快楽の手前にいる。そして、わたくしは、その手助けをしてやり、そこから生まれ出る満足と苛立ちのために、この場に留まる。

どんな男でも良かった筈だ。わたくしが捜していたのは、食べ物と枕。それらだけを手に入れられれば上等。そう思っていた。けれど、食べ物は口に合い、枕は首筋にちょうど添う。そこに付いている男は、召し使いのようでありながら、わたくしを庇護する。抱かれているようでありながら、自ら貪っている。実は、支配されているのはわたくしなのかもしれない、とふと思う。彼は、いつもわたくしの機嫌に寄り添い、わたくしの内から命令じみたものを引き出そうとする。それが口をついて出る時、わたくしは、この男のことしか考えていないのだ。

「背中、痛くないですか？」

「別に」

「畳、冷たくないですか？」

「どうして、あんたって、そんなにも、いちいちうるさいの？」

わたくしは溜息をついたが、その息が、あまりにも熱いのに自分自身気付いて慌てた。わたくしは、気付かれないように、そっと呼吸を整えたが、摩周は一向に意に介さないように言った。

「こういうことすると酸素が少なくなるから気を付けないと」

「うるさいって言ってるじゃない。言われない？　他の人に」

「昔は、良く。でも、ここんとこ言われてなかったなあ。どうも、姫子さんと出会ってから、どんどんお喋りになって行くような気がする。これでも、ずい分我慢してるんですから。もっと、聞きたいこと沢山あるんだ」

「へえ、たとえば、どんな？」

「聞いても良いんですか？」

「駄目」

なあんだというふうに、彼は肩をすくめる。声にしないで尋ねてごらん、とわたくしは呟く。彼は、驚いた表情を浮かべてわたくしを見る。そして吹き出す。

「それ続けてたら、きっと、人魚姫の気持が理解出来るようになるかもなあ」

「まさか。あんたは姫じゃないし、あたしも王子にはならないよ」

「そんなの、知ってる」

彼は、わたくしの額にかかった髪をどけた。いつのまにか汗に濡れている。まったく、体というのは、知らない内に弱味を見せてしまうものだ。

「唇から少し血が出てる。姫子さんの癖だね、唇を噛むの」

触れようとした彼の指を払って、わたくしは、自分で唇を拭った。たいして血なんか出てないじゃないか、大袈裟な。

「怒らないで」

彼は、消え入りそうな声で言った。

「今だけは怒らないで下さい」

また、お願い？　わたくしは、思った。お願いされるのなら好きだ。しかも、このお願い、どんなセックスに関するものより効果ある。

「人魚姫の気持が本当に解るのって、おれなんかより、姫子さんの方じゃないのかな」

彼は、囁いて、わたくしに口付ける。どういう意味か解らない。もしかしたら、意味なんてないのかも。だって、この人、お馬鹿さんなんだもの。そう思った瞬間、急に畳は冷たくなった。その上にあるものが熱くなり過ぎたからそう感じたのに違いない。上に載っている、二つのもの。今は、もう、ひとつになってしまったような気がするけれど。

摩周は、体を離して起き上がり、風呂場に行った。濡れたタオルを手にして戻って来た彼の姿をながめながら、わたくしは、あっと小さく声を上げる。少しだけ人魚姫を彷彿とさせる。だって、痛そうだ。膝が真っ赤にすり剝けている。

姫子には玩具《おもちゃ》が必要なのではないかと、摩周は思っている。窓辺で、ぼんやりと外をながめるだけで、一日を終えることが出来るものだろうか。眠りにつく前の数時間だけ彼と語らう。もちろん、それは、語らいというにはあまりにも強烈なひとときではあったが、それだけで満足出来るものなのだろうか。自分が彼女の玩具になるのはかまわない。それどころか望むところだ。しかし、日常が押し出す言葉を持たない彼女は、時に、途方に暮れてしまうのではないかと思うのだ。お店屋さんで買い物をしたり、郵便局で速達を頼んだり、道ですれ違いざまにぶつかりそうになった人に詫びたりすることなしに、彼は日々を過ごすことは出来ない。大好きな、そして、大嫌いな事柄のためだけに言葉を使う姫子に、そこらにつつましく転がる、時の引き立て役の存在を教えてあげられたら、と彼は不遜なのを承知で感じている。そうすれば、ひとりで過ごす夕暮れは、情感の手助けをする。そんな時、いくらあの傲慢な姫子でも、忍びよるロマンスの気配に気付いて、知らず知らず呟いてしまうのではないか。摩周、あなたに会いたい。希望的観測なのは充分解ってはいるが、彼は、その思いつきに居ても立ってもいられなくなる。

「だからって、何でハーモニカなの?」

ある日、摩周が買い求めて持ち帰ったハーモニカを、憮然として手に取った姫子が言った。友人の働く楽器店の片隅で半額になったまま忘れ去られていたものだ。どうせなら、一割引きにしてやるからブルースハープのセットを買えと脅されながらも、断固無視して手に入れた小さな楽器がそこにある。

「どうせならさー、あたしの性格考えてボンゴとかにして欲しかったなあ。そうすりゃ、あんたの頭を叩く回数も減ったかも解んないよ」

そう言いながらも、姫子は満更でもない様子で、ハーモニカを撫でていた。

「音色が好きなんだ。昔、姫子さんだって吹いたことあるでしょ」

「そうだったかなあ」

「誰だってある筈だよ。まだ吹き方覚えてる？」

首を横に振る姫子から受け取り、摩周は、それを口に当てて少しの間、吹き続けた。

「こんな感じ。思い出した？」

「全然。たぶん、ドがどこにあるのかも知らない。それ、なんて曲？」

「『約束の地』。リー・オスカーって人の昔の曲です。ＷＡＲっていうグループにいたんだけど知らない？　六十年代から七十年代にかけての」

「知らない。それより、続き吹きなよ」

摩周は、姫子に言われるままにそうした。ハーモニカを口に当てたまま、ちらりと目をやると、彼女は珍しく神妙に耳を傾けている。彼は、得意になった。それなのに、一曲吹き終えた時、彼女は、感心したように言うのだった。

「ハーモニカはいいね。口を使いっぱなしだから、あんたの下手な歌を聞かせられないですむ。もう一曲やって。やれ」

彼が再開すると、彼女は、今度は目を閉じた。長いこと壁に寄り掛かったままそうしているのを見て、感動しているのか、くつろいでいるのかどうなのだろう、と彼が思い始めた頃には、彼女は、ずるずると床に崩れ落ちて寝息を立てていた。

仕様がない人だ、とひとりごちて、摩周はハーモニカを布で拭いて箱にしまった。たいして気に入ってもらえなかったのかもしれないなあ、と残念に思いながら。

ところが、彼が仕事を終えて帰宅したある夜のことである。りんりん荘の入口で、彼は立ち止まった。たどたどしいハーモニカの旋律が外まで流れて来たのである。彼は、腕時計に目をやった。店主夫婦の都合で、今夜は、いつもより早く店仕舞いをしていた。姫子は、彼がこんな時刻に戻るとは思っていないのだろう。姫子さんがハーモニカを玩具にしている！　彼は、嬉しいやら困惑するやらで、どうして良いのか解らずに、外の階段に腰を降ろした。

音は流れる。それは、「約束の地」とは似ても似つかない出鱈目なものであったが、世界にひとつしかない旋律となって、彼の耳に届く。だから、馬鹿って呼ばれちゃうんだ。彼は、自嘲するような笑いを洩らす。耳が、少しずつ音色に浸されて行く。やっぱりなあ、と溜息をつく。おれの耳、溺れてる。耳朶には、いまだテグスが結ばれているだけだ。彼は、その輪を引っ張り、耳を広げた。ようやく息つぎをしたような気分になる。耳に呼吸など出来る筈もないというのに。

いつもの帰宅時刻になり、彼は、音を立てて部屋の前まで歩いた。ぷつりとハーモニカの演奏は途切れた。ゆっくりと鍵を出し、ドアを開けると、窓辺には、何事もなかったように座り込んでいる姫子がいて、遅えじゃねえか、などと悪態をつく。駆け寄って抱き締めたいという思いをこらえる彼に、彼女は、ふと、もの哀し気な眼差しを向ける。彼は、どういう言葉をかけようかと迷ったままでいる。もしも、この女の人が自分を愛するようなことがあったなら、それは、とても哀しいことなんだろう。自分だから哀しいのか、愛することが哀しいのか、それが、どちらなのかは解らないけれど、と摩周は思いながら、座布団の下のハーモニカに、いつまでも気付かない振りをしている。

わたくしが、重い腰を上げて、ようやく外に出るようになったのは、この部屋が、あまりにも暑かったからである。何故、エアコンぐらい買わないのかと尋ねると、昼間、ほとんどいないからと、摩周は答えた。解った、買ってやる、とわたくしが太っ腹な発言をすると、すぐさま土下座して、お願いだから売りだけは止めて下さいと懇願する。今度の給料入ったら、ローンで買いますから、と暑さに暴れるわたくしをなだめていたが、その頃には、きっと、秋になっているだろう。

「姫子さんの要求は、ごもっともです。男と女が愛し合っている時に、暖房は、さして必要ではない。抱き合って、あったためっこをすればいいんですから。でも、冷房は不可欠です。解ります、解ります、あっ!!」

平手打ちされた頬を押さえて、上目づかいで、わたくしを見る彼に言った。

「愛し合うだと？　誰が愛し合ってんだよ、無礼者」

「いや、それは単なるたとえ話で、おれと姫子さんだって、一応、男と女なんだから、いつかは、そうなるかもしれないし。それが冬だったら便利だと思ったまでで」

便利って、何だ。わたくしは、カイロではない。けれども、時に、男は、暖房器具だ。とりわけ、摩周の体は、ほかほかしてる。だからこそ、夏には、使い勝手が悪い。

「エアコンのことは、もういいよ。貧乏なんだから」

「やった」

「その代わり、あたしと寝る一時間前には氷を抱いて体を冷やしておきなさいよ」

「え？　そんな」

「逆、豊臣秀吉方式だよ。だからって、下剋上をねらってはいけない」

「な、何すか、それ？」

「そんなことも知らないの？　良くこの姫子さまと暮らせるわね、ばかもの」

「ごめんなさい。おれ、もっと勉強しなくちゃ。そうだ、勉強会開きませんか？」

わたくしがにらみつけると、彼は肩をすくめた。妙に楽しそうだ。もう、ちょっと楽しませてやるかい。

「摩周、これから散歩に行こう。夕涼み」

「夕涼みって……もう夜中ですよ」

「うるさいなあ、行くの、行かないの？　氷、抱いてる方がいいの？」

お供します、と言って、彼は戸締まりをした。盗まれるものなんて何もないのに、とわたくしが呆れると、彼は照れた。

「いや、うち、かたみだらけでしょ？」

確かに。もしも、ここを出る時が来たら、数十年後に備えて、かたみの品でも置いていってやることにしよう。わたくしは、珍しく機嫌良くそんなふうに考えている。

人気《ひとけ》のない道を歩いて、わたくしたちは公園に出た。夜も更けているというのに、池の周囲のベンチには、何組もの男女が寄り添って座っている。

「なんか、ああいう奴らに自慢したい気分だなあ。ああ、うずうずする」

「何を？」

「ほら、おれらって一見同類に見えるでしょ？　でも、全然、違うと思うんだ。この公園にいるカップルの中で、おれ程、一緒にいる女の人を崇《あが》めている奴はいませんよ」

「崇めてくれてるの？」

摩周は、自分の口をついて出た言葉にとまどっているようだった。もしかしたら、生まれて初めて口にしたのではなかろうか。崇める。崇める。わたくしは、今まで、誰ひとりとして崇めたことはない。それって、楽しいことなんだろうか。この男のように、頬を紅潮させて噛み締める類のことなんだろうか。

「あたしを崇めてるって感じる時、摩周は、一番、何がしたいの？」

彼は、つないだわたくしの手を力を込めて握りながら、しばらくの間、考えていた。

手が熱い。でも、手の熱さと夏の暑さは、全然違う。ねえ、いったい、あなたは、何がしたいの？

「自分がしたいっていうか、おれが姫子さんにされたい。たとえば、犯されたい」

「何それ。いつも、あたしが、あんたにしてるようなこと？」

「そう。姫子さんは、おれに、何をしてもいいって感じる。そして、そう感じる瞬間が、ものすごく気持良い。ほんとは、おれの方こそ、姫子さんのこと犯してるんじゃないかって気がして来る。この人のどこかを犯してるんじゃないかって心配してしまう」

わたくしは、彼の手を振りほどいた。数メートル先のベンチで抱き合う男女が、猛烈に憎くなり、彼らに投げ付けてやるための石を拾った。そして、そのまま、ねらいを定めて手を振りかざしたが、摩周に止められた。彼は、わたくしの手首をつかんだまま離そうとしなかった。もがいていると、もう一方の手もつかみ、わたくしを、無理矢理、木の下に連れて行った。

「石、投げたいのなら、おれに投げればいいでしょう？　怒りなら、おれにぶつければいいでしょう？」

「だって、あんたのこと怒った訳じゃないもん。あんたに石投げたい訳じゃないもん」

わたくしは、いつのまにか、しゃくり上げていた。何故、泣いているのか解らなかった。ただ、涙が、後から後から湧いて来た。そうしながら、最後に、こんなふうに泣いたのはいつだったろうと思い出そうとしたが、出来なかった。大昔だったのは、確かだ。

摩周は、つかんでいる両手首をわたくしの後ろに回わし、そのまま木の幹に体ごと押し付けた。それは、初めて彼のする乱暴な仕草だったので、わたくしは、呆気に取られた。

「あたしにこんなことして、許さないから」

そこまで言った途端、唇が降りて来た。わたくしは、後ろ手で自由を奪われたまま、長いこと、摩周の口づけを受けていた。舌が流れ込んで来るのを感じて、自分の歯は、堤防の役目を果すこともしていない、と思った。何だか、力が抜けて行く。こんな筈ではなかったのに。春には唇が溶けたけど、きっと、夏はプライドを溶かすんだ。握り締めていた石ころは、いつのまにか、二人の足許に落ちている。こんなことをしちゃって、と彼が呟く。いつのまにか、手首の枷は外されて、彼は、わたくしを抱き締める。

「おれから、力ずくで、こんなことしたのに、なんでかなあ。今までで、一番、姫子さんに犯されたような気がしてる。すげえ、困ってます」

「どこか、痛い？」

わたくしは、上を向いて彼の頰を両手ではさんだ。彼は、その問いに答えようと口を開きかけたが、再び、固く唇を結んだ。その時のうろたえたような瞳。無理に閉ざされた唇。わたくしは、彼を、今一番犯している。

「ねえ、摩周、ここでしよう」

「ええっ!?　ここで、ですか？　それ、マジですか？」

「そう。つべこべ言わないでしなさい」

わたくしの理不尽に困り果てながら、彼は、あたりをうかがった。その様子は、先程と違い、解放された無実の人のように見える。そして、わたくしは、それをねぎらう人のように、あれこれと指図する。二人は、ふと垣間見た恐しいものを忘れたかのように、命令し命令され、木々の衝立《ついたて》の陰で、まるで儀式のように体を重ねる。ああ、これならば安心出来る。そう感じ始めると、闇に溶けていた筈の草木が目の中でそよいで露を落とす。黒と緑の組み合わせは、こんなにもシック。そして、周囲を気づかって男がこらえる吐息と来たら、この上なく風流で、わたくしは、堪能して目を閉じた。

わたくしたちは、空が白み始める頃、ようやく家路についた。道すがら、摩周は、朝顔が咲くまでここにいましょうよ、と見ず知らずの家の庭先で駄々をこねていたが、わたくしに一喝されて諦めた。

「姫子さんが、そんなにも、いばりんぼなのって、どこから来てるんですかね。実は、暗ーい過去とかあって、歪んだとか……」

わたくしは、思い切り、背後から摩周の尻を蹴とばした。くだらな過ぎると思い、腹を立てて何度もくり返していたら、彼は、もう言いませんもう言いませんと許しを乞うのだった。たまに優しくするとつけ上がるから用心しなくてはならない。

「それはね、性質《たち》なの。性質なんだから仕様がねえだろうよ、ばかもの」

「あー、根っからの姫体質……」

そう、わたくしは、生まれつきこうなのである。先天的な性質《たち》に理由は付けられないのだ。いじけた者の理解者のふりをする偽善者共は、生い立ちを思いやることで自分たちを納得させようとしがちだが、かたじけないなんて恐縮すると思ったら大間違いなのである。わたくしは、このように生まれついた姫なのである。摩周、そなたも衆愚の真似をしようというのか。

「あー、でもー、権力争いに巻き込まれて都落ちして来たとか、仇討ちのために身を隠してるとかだったら、性格も歪むと思ったんでー」

わたくしが、にらみつけると、彼は、両手を上げて後ずさりした。

「あー、冗談ですよ」

「ていうかさ、都落ちって言っちゃって良い訳？　中央線は、あんたにとってボヘミアンの聖地な訳でしょ？　ということは、あんたにとって、ここが都な訳でしょ。なんかー、吟遊詩人のスピリッツ忘れかけてるう。情けないねえ、きょうびの若人は」

「わこうど……それ何ですか？」

「あたしといたいんだったら、もっと教養持ちなよ、くだんない歌ばっか作ってないでさ」

はい、としょんぼりしたように呟いて、彼は無言で歩き続けた。少々言い過ぎたかと、腰に手を回わしてやると、彼は、途端に元気づいたように忍び笑いを洩らした。

「かぐや姫なのか、人魚姫なのか、それとも虫愛づる姫君なのか、少なくとも、シンデレラの過去がなさそうなので安心しました」

言っている意味が解らない。やはり、男に学問はいらん、と思う。教養についても忘れてくれ。ただ、勘の鋭さだけはどうにもならない。それも一種の性質《たち》である。わたくしは、摩周の横顔を盗み見る。今度、犯し方の講釈なんてしたら、その時は許さない。あの瞬間、雷が落ちたように恐かった。桑原、桑原。


「おやじさん、豊臣秀吉は何を使って女を暖めたんですか？」

まかないの肉野菜炒めをつ突きながら、摩周が尋ねると、食堂の主人は怪訝な顔をして彼を見た。

「女？　草履だろ？」

「え!?　草履!?　変な奴。草履を抱いて暖めたんですか？」

「小童だった頃、織田信長にうけようとしてこれ見よがしに懐に入れてたらしい」

「こわっぱって何ですか」

「おまえみたいな奴のことさ。さっさと食って、そこの新聞と雑誌かたしといてよ」

主人は、つき合っていられない、というように、そそくさと食べ終わり厨房に戻って行った。

残された摩周は大急ぎで食べ物を口に運びながら考えた。豊臣秀吉は、草履を抱いて暖めて織田信長に献上した。おれは、氷を抱いて姫子さんに自分自身を献上する。けれども決してうけようとしている訳ではない。ただ、彼女に心地良くあって欲しいと願っているだけなのだ。もちろん、まだ実行に移したことはない。だって、そんな無茶なこと。それなのに、望まれれば本当にやってしまいそうな気がしている。そのくらいならお安い御用だ。あの時の姫子を思い出すたびに、彼は、そう思う。

彼女は気付いていなかったのだろうか。きっと、気付きたくなかったのだろう。口に出すべきではなかった、と彼は後悔している。あの瞬間、二人には距離が出来、また、それ故に、互いに初めて見詰め合うことになってしまった。自分が言いなりになればなる程、実は、少しずつ押し倒されて行くのは彼女の方であること。それに抵抗するかのように石を握り締めた彼女。その姿を見て、今度は、彼の方が常軌を逸してしまった。そして、決して、侵食されないとタカをくくって、閉ざしたままにしておいた扉の鍵を自ら開けてしまったのだ。慌てて、それを閉めてくれたのは彼女だ。たぶん、自分自身を守るためでもあったろう。ああ、お父さん、お母さん、お祖父さん、お祖母さん、お兄さん、お姉さん、彼は、もういない人々に呼びかけて願う。おれの中にある扉の鍵を、どうか誰にも渡さないで下さい。

摩周は、食堂の主人にせかされ、ようやく仕事に戻ったが、ちっとも集中出来ない自分を持て余した。こういう時は、歌でも作れば良いのかもしれないと思ったが、たぶん、今作った歌は恐くて歌えないのを知っていた。自分は臆病者なのだ、とつくづく思う。姫子よりも、はるかに。何故なら知っているから。彼は、快楽と苦痛が、どこでどのようにして張り付いて、そして、互いを踏み越えてしまうかを知っていた。それは、彼の内側では、まだ言葉としての体裁を成してはいなかったが、漠然と感じているのだった。ああ、身も心も駄目なおれ。そう思うと、彼の手から、洗っていた皿が滑り落ちる。

「馬鹿者!!　しっかりやれ」

主人の怒鳴り声で我に返る。ありがたさが込み上げて来て、彼は、主人の顔をまじまじと見る。

「な、何だ、おれの顔に何か付いてんのか」

「いえ、良い人だなあとか思って。あ、割った皿、弁償しますから、すいませんでした」

「そんな安もん、どってことねえ」

主人は、顔を赤くして、視線を鍋に移した。摩周は、小さく頭を下げて皿洗いを続けた。こういう良い人のために、少なくとも皿洗いぐらいは、しっかりとやろう。彼は、気を取り直してスポンジを持つ。いつまでも、後悔してるから悪いんだ。彼女のしていることは、彼女の欲望から来ているんだ。自分は、それに従っていれば良い。そして、我慢していれば良い。そのことが、彼女の与り知らぬ方向に進んでしまっても、どうしようもない。どちらにせよ、おれは、馬鹿だから、上手く口で説明出来ないし。そう思って気を楽にしようとするのだが、何故か心は疼いたままだ。自分を後悔させる人って、なんて、いとおしくて、素晴しいんだろう。気が付くと、彼は姫子を崇めている。そうして、一日何回も彼女を犯している。

黙っていれば、クロスワードパズルの楽しみを持ち続けられたのに、と思うと忌々しい。相変わらず摩周のこらえる表情は、そこに単語を書き込ませるけれども、もう何かが違う。かつては、あれ程、わたくしのお好みであった彼の表情。そのひとつひとつの記憶が、わたくしをかすかに怯えさせる。これまで出会った男たちが、決してしなかったことを、彼はした。鼓膜にたらされた、ほんの少しの言葉たちによって、わたくしの耳は、いまだ炎症を起こしたままだ。

いつだって操るのはこちら。そのことに疑問を抱いたことなどなかった。わたくしの玩具は主導権。そう信じていたのに弄んでたら火が点いた。望んでいたのは、たった10CCを支配することだけだったのに。

たいていの男は、途中で区切りをつけようとした。役にも立たない自尊心とやらを突然振りかざした男もいたし、わたくしに身をゆだねて、ただうっとりと満足するだけの男もいた。どちらも、つまらない。マゾヒストに転向するのが、わたくし仕様への道、と勘違いする男もいた。冗談じゃない。わたくしは、調教された男になんて断じて欲情しないのだ。わたくしが欲しがったのは、自分の真意を押し殺して耐える男。

本意ではないけれども、後の快楽を予見して待つ、その風情が見たいのだ。その瞬間。たまらない。愛情に似たものが湧き上がる。同時に思う。こんな筈ではなかったのに。その愕然とした思いは、わたくしを削り取る。肉体は天国にいるのに、心は追い付けずに黄泉の淵。辿り着けないのは、こみ上げるいとおしさに押し倒されてしまうからなのだ。この先、ずっと、この人にこうされることを望み続けるであろう確信は、わたくしを絶望させる。けれども、その絶望は、どれ程、快楽を抱き込んでいることか。それを認めたくないばかりに、わたくしは、無意識の内に手練手管を使って来た。それなのに。いとしさに強姦されるのが恐かった。けれども、また、わたくしが待ち望むものも、まさに、そのいとしさなのだった。知らない振りをしていたかった。それなのに。

「姫子さん、出来ましたよ、きざみうどん。お夜食にぴったり」

摩周は、いそいそと丼を運び卓袱台に並べた。そして、両手を合わせて、いただきます、と言った後、ただ丼を見ているわたくしに気付いて首を傾げた。

「食べようよ。湯気がありがたい季節は、まだ少し先だけど」

彼は、箸を差し出した。それを受け取りながら、わたくしは思う。ここで、丼を引っくり返したりしたら、彼は、悲しい表情を浮かべるだろう。あのわたくしがいつも求めている内側に丸め込まれた唇を見せながら、うどんだらけの卓袱台を片付け始めるのだろう。見たい。でも、何かが、わたくしを押しとどめている。不穏な空気を感じたのか、彼は、こちらをうかがっている。ああ、丼の中身をぶちまけたい。ぶちまけて、まだ冷やしうどんの季節は終わってねえ！　と正論をふりかざして苛めてやりたい。

「摩周」

彼は、わたくしの呼びかけに、ぎくりとした様子で身構えた。

「七味唐辛子」

彼は、ほっとしたような表情を浮かべて、唐辛子の瓶を取りに行った。

「煎り胡麻もかけませんか。うまいですよ」

言われるままに頷いて、わたくしは、七味唐辛子と胡麻を薬味にして、うどんを啜った。何だか自分を、とてつもない意気地なしのように感じた。保身を計るって、こういうことかも。でも、きざみうどんは、やはりおいしい。油揚げに出汁が染みている。そう言えば、どうして、きつねは油揚げが好きなのだろう。

「姫子さん、今日は、しんとしてますね」

「考えごとしてるんだよ」

「え？　いつも考える前に手が出てるって感じだけど珍しいなあ。いったい、何、考えてるんですか」

　こいつ、とわたくしは、腹立たしい思いで彼を見た。まさか、自分が優位に立ったつもりなんじゃないだろうな。小積な奴め。

「何で、きつねは、油揚げが好物なの？」

「え？　それ初耳ですけど、そうなんですか？」

「お稲荷さんに供えてあるの見たことあるよ。腹へってたから食ったら、もう腐ってた」

「……ああ」

　あやふやに相槌を打つ彼に、とうとう我慢が出来なくなった。わたくしは、側にあった煎り胡麻の大袋を取り上げ、その中身を彼の丼に全部注いだ。あっという間に丼の上には胡麻の山が現われた。

「胡麻はビタミンEたっぷりな上に、セサミンという成分が含まれていて、それは、とっても肝臓にいいんだってさ。良かったね」
「でも、過ぎたるは及ばざるがごとしって……いや、いいんです。食います食います
食えばいいんだろ」
彼は、やけになったように胡麻まみれのうどんを啜り始めた。途中、何度もむせて
いたが、それでも止めようとしなかった。目尻に涙が滲んでた。その様子を見ていた
ら、わたくしの方こそ涙が出て来た。だって、あまりにも気持良くて、胸が痛かった
のだもの。
満腹になって怠そうにしているわたくしのために、いつも通り、摩周は、すみやか
に布団を敷いた。わたくしたちは、灯りを消して並んで横になった。開け放した窓か
ら、いつのまにか蚊が入って来ていたので、彼が枕元で蚊取り線香に火を点けた。
「世の中の一番便利な発明は、蚊取り線香に付いて来るスタンドだと思うんですよ」
「でも、あたしは、シャンペンの栓に被ってる針金のところで、それを作った粋な男
を知っているよ」
「あ、また、そんな、バブルと貧乏を融合させたようなことを。そんな男の影をちら
つかせられると、つらいです」

暗がりの中で、うつ伏せになり肘を突いている彼は、本当にしょんぼりして見えた。その姿、またもや、わたくしの中の空欄を埋める。そんなことされると、わたくしの方こそ。つらいです。

「摩周、最近も歌作ってんの？」

「聞きたいんですか⁉」

「全然」

やっぱり、というように、彼は、枕に顔を押し付けた。でも、と言って、わたくしは、彼の耳のテグスを引っ張った。もう、とうに穴が出来ている。そろそろピアスをさせなければ、とぼんやりと考えながら言った。

「ギターだったら弾くの許す」

「今、ですか？」

「そう、今」

彼は、起き上がり手を伸ばして、ギターを引き寄せた。そして、少しの間、思案した後、静かな調子で弦をつま弾き始めた。暗闇に目が慣れると、天才吟遊詩人のかたみは、彼に抱かれているように見える。つやつやと光って、まるで得意になっているみたい。

わたくしは、ただ蚊取り線香の火を見詰めていた。アルミニウムの皿に、規則的に灰が落ちる。時刻を知る必要のない時計に使えそう、とわたくしは思いつく。そう言えば、ここに来て以来、わたくしは、その時が何時であるかを知らない。摩周の出て行く時刻と彼の戻る時刻の二つだけが、わたくしに告げられる日々の始まりと終わり。それは、たいして正確さを持たないので、わたくしを苛立たせない。ほんの少し狂った時計と共に、わたくしは生きている。

思ったよりも、彼のギターは上手くて、わたくしは、夢見心地で目を閉じる。ふと、彼は、今、困り果てているのではないかと感じてしまう。もう止めなければ、と思っているのでは？　自分の作り上げる音色が無理矢理、わたくしを静かにさせてしまったのではないかと不安に駆られているのでは？　何故なら、それは、自分自身も脅すことでもあるのだから。

彼は、ふと、手を止めた。入れ替わりに、外の虫の音が部屋の中に小さく響く。彼は、わたくしを見て言った。

「もう止めましょうか？」

「駄目。もう少し聞かせて」

観念したように、彼は、再び弾き始める。これは、前奏曲。まだまだ終わらせるものなのか、とわたくしは、ほくそ笑む。目の前の女が、こんな音色聞きたくもなかった筈なのに、身動きも取れずにうっとりとしている様を、彼は見るべきだと思う。抵抗する言葉は、これしかない。だって、バッハだもの。

彼は、再び手を止めて、わたくしを見た。額から汗が一滴したたり落ちた。

「弾くの止めると、虫の声が聞こえるよ。もう、秋が近いんだね。摩周、おうどん、おいしかったの、そのせいだったんだね」

彼は、深い溜息をついた。そして、音を立ててギターを置き、乱暴な調子で、わたくしの体に覆い被さった。彼の胸を力なく押し戻しながら、思った。この先は、こちらの番よ。蚊取り線香の煙にむせながら、彼は、すっかり我を忘れて、寂しさの手前の領域に入り込んで行く。

カンタータの一四七番が悪かったんだ。摩周は、あれから、そう思い込もうとしている。公園で姫子に無理矢理口付けたのを偶発的な出来事として片付けたつもりだったのに、もう、それに目をつぶる訳にはいかない。あれは、ひとつの関係の終わりを告げるキスだったのだ。そして、二人が認知しないままに、新しい関係が始まった。見え隠れするものを無視しようと決めたのは、自分だけだと彼は思っていた。ところが、姫子も、また同じだったのだ。彼女は、知ることのない人、と思っていたのに。知る必要がないという特権を持った優美な人だと思っていたのに。彼女は、知ってしまった今の自分を、きっと恥じている。だから、仕掛けようとする。おまえとなんか対等にはなるものか。その苛立ちを、前とは、まったく逆のやり方で証明しようとしている。二人共、本当の自分の姿が解明されるのを拒否している。けれども、そうすれば、するほど、互いが近付いて離れにくくなって行き、途方に暮れている。おれは、不幸せになりたくない。姫子と過ごすのはとてつもなく幸せだ。けれども、彼は、不幸せが、いつも手始めに幸せという餌を差し出すのを知っている。ここまで来なければ良かったんだ。今さら口にする泣き事を、バッハのせいにしてしまう自分が、つくづく情けない。

あれから何度も、抑え切れずに、自分の衝動から、姫子を抱いてしまっている。男が心から愛する女にするようなことを全部する。それを受け止める彼女を見て、これだけは感じたくなかったという思いが、彼の体を突き抜ける。それは、この人を失いたくない、という強烈な願いだ。神様、と彼は、思わず呼んでしまう。そして、そのすぐ後で、自嘲する。そんなものを呼んで恥を知れ。それが無駄であるのを、かつて、彼は、全身で覚え込まされた。神は、はるか昔に、彼を手ひどいやり方で裏切っているのだ。

自分の意志で彼女を抱いたからといって、今は、もう、自作の歌を献上しようとは思わない。犯された礼をする奴なんて、聞いたこともない。けれども、こうも思うのだ。犯される程、柔いものをもう一度捜し当ててくれた人には、歌に似たものを返すべきではないのかと。声に出さないで尋ねてごらん。彼女は、かつて、こう言った筈だ。それなら、おれは、あなたに、これをあげる。声にならない声、形にならないもの、言葉を持たない詩、あるいは、とても愛には見えない愛情。そう決心することで、彼は返す手段を持たない人になり、吟遊詩人に、一歩近付いた。

「あれ？　おめ、そのピアスどうしたの？　ずっと釣り糸のままだったから、どうせならルアーでも通しときゃいいのにって思ってたんだけど」

いつものミュージシャン仲間が言った。その日、摩周と彼は、小説家たちによるアマチュアバンドのライヴの前座を務めることになっていた。物書き連中に音楽が解ってたまるかい目にもの見せてやらあ、という勢いの友人とは異なり、摩周は、言葉も音も操れるなんてすごいなあ、とただただ感心するばかりであった。自信なさそうに出演を渋る彼に姫子が言った。

「あんたはねえ、天才吟遊詩人の血を受け継いでるんだよ。その気になりゃ、天才お針子にも、天才棋士にも、天才花道家にも、天才登山家と天才サーファーの恋人にもなれる奴だってのを忘れちゃいけないね。おまけに、天才姫の家来なんだぜ。弱音吐いてんじゃないよ、ばかもの」

そう言って、彼女は、自分の耳朶からピアスをひとつ外し、テグスを切って抜いた彼の穴に、それを刺した。彼女の指がピアスの留め金を押すぱちんという音を聞いた時、彼は唐突に思った。あ、おれ、また彼女を犯してる。そうと知ってか知らずか、自分の言いなりになって耳を引っ張られたままにしている彼を、姫子は満足気に見詰めるのであった。

「それよお、ダイヤモンドだろ？　彼女のプレゼントって言ってたけど、その女金持ち？」

「ううん、ど貧乏だよ。でも高貴なんだ。あんな人は世界じゅうどこ捜してもいないよ。大昔から続く姫の末裔ってとこかな」

「へー？　世界遺産みたいな女じゃん。おめ、めちゃめちゃ惚れてるべ」

惚れてる!?　摩周は友人の言葉を何度も反芻した。初めて聞いた言葉のように感じた。少なくとも、彼は、家族に惚れてはいなかった。活路を見出したような気になった。

ライヴ開始の直前に、小説家バンドのリーダーが挨拶に来た。感じ良く振舞う彼を見て、友人が摩周に囁いた。

「結構良さそうな奴じゃん。でもよ、マジで腹減ってるハングリーなおれらの敵じゃねえよな」

「うん。小童で若人なおれらにも五分の魂はある」

「こわっぱでわこうど？　何だ、それ」

小さき者のことだ。摩周は、心の中で呟いた。でも、誰よりも、ひとりの人に、惚れている。

摩周の歌、そして、ギター。出所は同じ人間であるのに、この二つは、まったく異なった役目を担って、わたくしの許にやって来る。ギターの音色は、力ずくで、わたくしを奪おうとする。捕えて、身動き出来ないようにして押し倒す。その時、わたくしは、抗いながらも、うっとりとする。そんな姿を見て、彼は止めなくてはと慌てながらもそう出来ない。行き着く所まで行かなくては、弦は指を離してくれない。やがて、深い満足が訪れた時に、彼は、実のところ、奪われたのが自分であったのに気付くのである。けれども、彼の歌は。

この間、摩周には言わずに、こっそりと彼のライヴを見て来た。ライヴハウスの名前を手掛りに探索の旅に出たのである。場所は、りんりん荘から、さほど遠くない距離にあった。小説家バンドの知り合いらしき人々が並んでいた。摩周とは、まるで雰囲気の違う人達だった。わたくしは、前座のマネージャーだと大嘘をついて、どうにかもぐり込んだ。あいつらに、マネージャーなんて必要な訳？　という声が受付けのあたりから聞こえたが、振り返ってにらみ付けると、ぴたりと止んだ。小さな会場の一番前の席に、そぐわない中年の男女がいた。たぶん、彼のバイト先の主人夫婦だろう。その他に、摩周たち目当てらしい人々が数人いた。小説家バンドの客達とは漂うものがまるで違うので、すぐに、そうと解った。かなうかどうかも解らない夢のために時給で働いている人々だ。

わたくしは目立たないように、立ち見の客に紛れていた。やがて、小説家バンドのリーダーがステージに出て来て、摩周と彼の友人を紹介した。二人共、ずい分と緊張しているようだった。あんなに、どついて発破をかけてやったのにさ、とわたくしは腹立たしくなった。ほとんどの客が、たいして関心も示さない中、いよいよ、彼らは歌い始めた。持ち歌は三曲と言っていた。わたくしは、滅多にないことだが真剣になった。ダイヤモンドのピアスに恥をかかされてはたまらない。

しんと静まり返った会場に二人の歌声が流れた。静か過ぎたのは、彼らの歌が、あまりにも下手だったからだ。しかし、紳士淑女たちは、誰も笑い出したりはしない。その神妙な観客の様子が、ますます憐れを誘う。ハーモニーが不協和音としか聞こえない一曲目が終わり、まばらな拍手の後、摩周がマイクの角度を調節した。今度は、彼のソロらしい。

やがて、聞き覚えのある歌が流れて来た。一度、わたくしの前で歌って、すぐさま却下されたあの陳腐なラブソングだ。少し落ち着いたのか、声の震えも止まり、前の曲よりは、はるかにましに、人々の耳に届いているようだった。が、やはり、陳腐だった。小説家たちの前で歌う歌じゃない。隣に立つ男性客は、笑いをこらえるのに必死な様子だった。

馬鹿みたい、とわたくしは思った。前座とはいえ、ステージに立つなんて百年早い。若いのに、あんな七十年代の化石みたいな歌作っちゃってさ。吟遊詩人が聞いて呆れるよ。わたくしは、ひとり心の中で毒づいた。皆、ここにいる人達は、次のバンドのために辛抱してるんだから。皆？　その時、わたくしは思った。少なくとも、あの食堂の主人夫婦は違う。あそこにいる髪をアッシュに染めた若者も、その向こうにいるトミーのスウェットシャツを着ているラッパーもどきも、ヤンキースの漢字ロゴの帽子の奴も……そして、わたくしも。

自分が何故、ここまでやって来たのかを瞬時に理解した。わたくしは、この汚ない小さなライヴハウスに、摩周を馬鹿にしに、悪態をつきに、情けなさを嘲笑いに、才能のなさを軽蔑しに、そして、この上もない極上のやり方で、彼に犯されに来たのだ。

頬が熱くなるのを感じた。わたくしは、今、彼を奪っているような振りをしながら、自分自身を奪わせている。わたくしが、保ち続けたかったものが、ここに来て急速に奪われている。それは、たぶん、人に首ったけにならないという矜持のようなもの。下手な歌。それなのに、どうして、こんなにも、わたくしの心を削り取るのだろう。彼は知っている。彼だけが、その方法を知っている。

突然、隣の男がこらえ切れないというように吹き出した。

「ブリリアントって使うかなあ、今時」

その言葉に連れの男が返した。

「だっせえよなあ。それに、あのギター見てみ、すげえぼろ」

その瞬間、わたくしは、その男を突き飛ばしていた。

「な、何ですか、あなたは」

「あのギターは、アルゼンチンのホセ・ヤコピだよ。何も知らねえくせに、いっぱしのこと言うんじゃねえ!!」

呆気に取られた表情の男たちを残して、わたくしは、ライヴハウスの外に走り出た。背後から摩周の歌声が追いかけて来た。後ろ髪引かれて、もう既に、泣きたくなる程あの歌声を恋しく思う。完敗。わたくし、あんなくずみたいな歌に降伏してる。ばかもの。

何かの理由で酒を飲めない日は、ものすごく時間を持て余す。酔いを広げるわずかな時間は無駄に見えても、残りの時間を滑らかに進ませる。摩周は、決して大酒飲みではないが、そのことは知っていた。けれども、姫子がいないことが同じ作用をもたらすことまでは知らなかった。

数少ない姫子の衣服、アクセサリー、下着、化粧道具などが、すべて消え失せていた。もちろん、彼女自身も。バイト先から戻ったある冬の夜のことである。

何故だか解らないが、摩周は、咄嗟に窓を開けた。もちろん、階下に彼女が出ていった形跡はなく、寒空に葉を落とした木々が揺れているばかりであった。上を向くと、いかにも呑気な様子で、欠けた月が浮かんでいる。しばらくの間、呆然とそれをながめていたが、自分の吐く息の白さに身震いして、彼は窓を閉めた。

こんな寒い日に出て行くなんて、何て酔狂なんだろう。彼は、そう思いながら、とりあえず体を暖めるために燗酒をつけた。そうしている内に、次第に腹が立って来た。彼は、唇を固く結びながら、しばらく耐えていたが、我慢出来ずにシンクの下の戸棚を蹴とばした。知らないぞ、こんなことして。おれに悲しいのをこらえさせようとしたって、もっと悲しくなるのは自分なんだぞ。彼は、怒りと寒さで震えながら、バイト先でもらった残り物の烏賊の塩辛を小鉢に移した。姫子の好物だった。店のメニューに自家製塩辛が載った際には、すみやかに残り物を姫子様の許にお持ちしなくてはならない、いや、持って来い、なんて自分で言っていたくせに。鼻で食え、なんて意地悪をされたってへっちゃらだった。食っている最中に、塩辛となめくじは酷似しているね、などと嫌がらせを言われたってものともしなかった。食わずに消えてしまうことに比べれば。

摩周は、拾って来たオイルヒーターを点け、燗酒と塩辛を卓袱台に運んだ。熱い酒をひと口啜ると、体の芯から色々なものが溶け出して行くようだった。今まで溜めて来たさまざまな感情が。喉元から言葉が溢れて来るのではないかと思う程だった。けれど、その言葉を聞いてくれる人は、もう、いない。だから、何も言うまい。そう決意した途端に泣けて来た。声の代わりに嗚咽が洩れた。言葉の代わりに涙がこぼれた。

どうしてなんだ、と思わずにはいられなかった。互いに自分自身をだましながらも、ここまでやって来られたのに。

いったい、何がきっかけなのかと、彼は、ここしばらくの自分たちについて、思い出そうとした。買って来たコンビニのおでんに白滝が入っていなかったことか。ほつれていたスカートの裾を勝手にまつり縫いしたことか。聞きたくないというのに「アルハンブラの思い出」をギターで弾いたことか。成り行きで口に射精して精液を飲ましちまったことか。たった10CCなんて日頃豪語している割にはまずそうな顔してたもんな。あるいは、とここまで思い出して、彼は、立ち上がって部屋じゅうを捜し始めた。ない。ハーモニカがない。

「そう言えば、姫子さん、ハーモニカの練習してる？」

手で弄ぶばかりで決して摩周の前で吹こうとしない彼女に、ある日、尋ねた。

「してない」

憮然としたように答えて、彼女は、ハーモニカを放り投げた。彼は、やれやれというように、それを拾って短い旋律を吹いて見せた。

「簡単だよ。教えてあげましょう」

「いいよ」

「何で？」

「教えられて、あたしが吹けるようになって聞かせたら、その旋律のあまりの美しさに、あんたの心は、確実にぶち壊れると思うから、お慈悲で吹かないの」

「……そこまで言うかな、普通。依怙地にならないで下さい。どうせ、下手なの解ってるんだから」

「……何よ、それ」

摩周は、うっかり口に出した途端に後悔した。今まで知らない振りをして来たのに。彼は、恐る恐る姫子の反応をうかがった。けれども、さして気にしているふうでもなく、彼女は、困ったように笑った。

「下手なまま、あんたのかたみとして預かっといてやるよ」

その時、ものすごい不安に襲われたのを、彼は、今でも良く覚えている。もしかしたら、突然の家出は、この時のことがきっかけになったのではないだろうか。自分は、二人が、頑に守ろうとして来た一線を勝手に踏み越えてしまったのではないだろうか。嫌な予感がした。彼女は、今、おれを猛烈に寂しくさせている。それは、いい。けれども、自分が彼女を寂しくさせているのだとしたら？　耐えられない。一番寂しくさせたくない人のことを、かけがえのないと呼ぶのではなかったか。

もうこらえる必要なんてない、と彼は思った。もう一度、彼女に出会ったら、その時は、自分の腕の中に拘束する。失ったらどうしようと悩む憐れな自分を受け入れてやる。下手な歌だって歌ってやる。彼女は、いつものようにののしるだろう。でも、そうしながらも耳を傾けなくてはならない。そうさせる。目の前のちっぽけな男を哀しいくらいに好きにさせて見せる。この人は、自分がいなくては駄目なのだ。互いにそう思って見詰め合う時、今度こそ、二人の間を隔てるものは消えてなくなる。その時、抱くのでもなく、抱かれるのでもなく、抱き合うことが出来るように、彼は思う。

問題は、今のこの自分の思いを、もしかしたら永遠に彼女に伝えられないかもしれないことだ。途端に、彼は気落ちする。しんとしたひとりきりの部屋で、言葉は出番を持たない。伝えたいことがあり過ぎて気が狂いそうだというのに。彼は、滲んで来る涙を手の甲で、ごしごしこすった。そして、必死に気を取り直そうとしながら、リュックから、作詞用に使っているクロッキー帳を取り出した。再会した時に、姫子に伝えたい事柄をメモしておこうと思った。今の彼に自分を落ち着かせる術は、それしかなかった。ちくしょうちくしょうちくしょう。寡黙を強いられた者は、鉛筆に頼るほかないのだった。それなのに、今のところ、彼には、苦い言葉しか書き綴れない。

ひとところに長居し過ぎただけのことだ。わたくしは、そう思おうとした。まるで自分の趣味でないことをしでかしたから、常軌を逸してしまったのだ。あれから、食べ物も枕もすぐに見つかった。簡単簡単。世の中こうでなくっちゃ。だって、世界が、わたくしの縄張りですもの。

今度の男の部屋は、摩周のところとは大違いの豪奢なマンションだ。五十過ぎていまだ独身貴族とほざいているおやじだが、本当は別の家があるのかもしれない。家政婦として働いてくれるなら給与を出そうと申し出たが、冗談じゃない。このわたくしに炊事洗濯をやれと？　わたくしは、男を楽しませるために生まれついた女なのだ。いやあ、ただでやりっぱなしなのも悪いと思うし、かと言って、そのことに金を払うのは、きみの尊厳を奪うように感じてね、だってよ。尊厳!!　失礼じゃないか。わたくしから尊厳を奪えるのは、摩周だけなんだよ。

そう。実は、わたくしは、この期に及んでますます摩周のことを考えている。今なら、まだ間に合う、と唐突に思いついて逃げ出して来てしまったが、はたして何に間に合ったのか。姫子という名が、いまだ源氏名のままで良かった。もう少しあそこにいたら、姫子が本当の名前になるところだった。わたくしは欲望を満たす材料以外の本物が苦手なのである。

摩周は、わたくしのいないあの部屋で、今頃、卓袱台に向かって夜食を取っているのだろうか。その様子を思い浮かべると、ああ、何てことだ、いつくしみたいような気持が湧いて来て、わたくしの心を今にも押し倒しそうになる。これでは、ここに移動して来た意味がない。あの卓袱台、ぴかぴかに磨かれていた。天才お針子のかたみで、いつもこすっているせいだ。もとは粗大ごみだったのに。おれ、ごみ拾いの天才なんですよ、と自慢していたっけ。願わくば、わたくしのことも、ただのジャンクとして扱って欲しい。自分をジャンクと呼ぶなんて、頭がどうかしてしまったんじゃないのか。でも、あそこにあったごみたち、どれも皆、丁寧に手入れされていた。結局、わたくしもそうされたくてうずうずしていたくせに。

そんなことを考えながら、ぼんやりと爪を嚙んでいると、男が帰って来た。

「さあ、姫子ちゃん、今夜は、どんなことして遊ぼうかねえ」

「あー、今日、生理でー」

「え？　今月三回めじゃないのか？」

「あたし特別なんでー」

納得が行かないという表情の男の前で、ドアを閉めた。沢山部屋があって良かった。わたくしには、かまけることがあるのだ。窓辺に座わり、茫漠とした時の流れに身をまかせること。ああ、それなのに、東京都港区には空がない。いけない、いつのまにか、智恵子抄を呼び寄せている。でも、本当に、ここからでは、月が見えない。ゆったりと動いて、摩周の帰る時刻を教えてくれていた月。けれど、もう、そのみちかけに意味はない。元々、月なんて、ただの星。夜の物語を照らす灯なんかじゃない。照らすとすれば、このわたくしだけ。太陽だって、雨だって、風だって、花だって、すべてが、わたくしのためにある。そう受け止める毎日が、これから戻って来る。ここで高笑いをしたいところなのに、冗談じゃないよ、わたくしと来たら打ちひしがれている。つまんない。森羅万象って、誰かと作る自分だけの逸話がないと、ほんと、つまんない。

摩周は、無事に年を越したのだろうか。年越し蕎麦を引っくり返したり、雑煮の餅を投げ付けたりする女がいなくて、時間を持て余さなかっただろうか。あの時、わたくしは、ひとりだった。この部屋の持ち主が、家族とだか愛人とだか知らないがハワイに行ってしまったので、ひとりで体育座わりをしながらシャンペンを飲んでいた。寂しくないの？　そんな声が聞こえるような気がした。寂しいよ、と、わたくしは口に出したと思う。でも、ここの寂しさの方が、余程ましなんだよ。わたくしは、もうとうに、自分が弱虫であるのに気付いている。支配することを目論む者は、いつだって、それを隠しているものだ。隠し切れなくなった時に、側に残ってくれる人。その人が一番、恐い。愛していた筈の孤独をあっと言う間に無意味に変えるその人が。

男がドアを叩いて開けた隙間から顔を出した。卑屈な笑顔を浮かべている。機嫌を取ろうとしている。わたくしのことを気に入ってるんだろうなあ、とは思う。金持ちの男に限って、金に興味のない女が好きなのだ。

「姫子ちゃーん、せっかく二人で過ごす夜なんだから、何か楽しいことしようよ」

「えーっ!?」

「きみも飼い猫じゃないんだからさ、だらだらしてるばかりじゃなくて、もっと建設的に生きなきゃ」

うっとうしいなあ、と思いながら、わたくしは立ち上がった。

「ね、きみも養われてる身なんだから、パパのこと楽しませてくれなきゃ」

「じゃ、ハーモニカ吹きます」

「ハーモニカ⁉」

わたくしは、摩周からもらったハーモニカをポケットから出して吹き始めた。もちろん、吹き方なんて知らないから出鱈目だ。摩周の留守に何度も練習したのだが、結局、ものにならないままだった。彼のギターみたいに上手くなってやる、と野心を抱いていたのだが。もう一度吹いて、と言わせたかった。プリーズ!

「あの、姫子ちゃん、ハーモニカは、もう良いから……」

えんえんと続く支離滅裂な曲に恐れをなしたのか、男は控え目に妨《さえぎ》った。わたくしは、止めようとしなかった。ただただ吹き続けた。摩周のあのこらえた表情。わたくしのためだけに完成されたクロスワードパズル。それの下敷きになることは、何て気持の良いことだろう。空欄に全て埋められた言葉たちが、オーガズムの雨のように降って来る。摩周と過ごしたあらゆる出来事が、勝手にハーモニカを鳴らしてる。もしかしたら、とわたくしは恍惚とした頭の中で思う。彼が、わたくしにとってのパズルなら、わたくしだって、そうなのではないか。彼に完成させないまま逃げ出してしまった。わたくしは、欠けたパズル。そんな自分、許せる？　姫なのに。

「あのさ、姫子ちゃん、ほら、ハーモニカ上手いのは解ったから」

嘘をつけ。ここまで下手な奴なんて幼稚園にもいない。誰だって耳を塞ぐ。でも、下手なままで良いのだ。だって、たったひとりだけ塞がない人をわたくしは知っている。たったひとつだけ、この旋律に溺れてくれる耳を知っている。そこには、月よりも正確な道標が、ぽつりと輝いている。

いつまでも上手くならないハーモニカ。そして、いつまでも上手くならない可愛がられ方。けれども、それらは、確実に、彼の心をぶち壊す。ぶち壊されて、今度こそ、逃げられないように、わたくしを捕えて抱き締める。囚われ人になりに行くとしたら今じゃない？　逃げても逃げても無駄なことは、もう解った。わたくしたち、同じ音色をはじいてる。そのこと、まだ伝えていない。人魚姫の気持、今、思いやれる。でも、わたくしたちは、童話の主人公なんかじゃない。会って抱き合わなきゃ気がすまない。そして、証明したい。食べ物よりも枕よりも、時には重要なもののことを。そこには、ロマンスも尊敬もない。互いを咀嚼する音だけが、きっと、いつまでも響いている。

わたくしは、全身の力をすべて出し切るように音階のはじからはじまでを一息に吹いた。そして、血管が切れそうになる寸前でぴたりと止めた。男は両耳を押さえて尻餅をついていた。断末魔が叫んだ後のような表情を浮かべたままだ。わたくしは、息を荒くしたまま、頭を下げた。

「御静聴ありがとうございました。さようなら。お世話になりました、パパ」

そう言い残して、自分の荷物を両手にぶら下げ外に出た。おやじからくすねた金でタクシーに乗ろうかとも思ったが止めた。やはり、中央線だ。聖地だもの。代わりに、その金で広尾のショットバーに行き景気を付けた。待たせていると思うと嬉しくて、と言っていた摩周の気持が初めて解った。

恵比寿で乗り換え新宿に着く頃には、既に足許がふらついていたが気にしなかった。終電間近の駅は、酔っ払いだらけで、わたくしごときでは目立たない。

わたくしは、下りのホームのはしを歩いていた。もうじき、りんりん荘の階段を上る自分を想像した。そして、ドアを開けた時の摩周の情けない顔を。きっと感激のあまりに瞳を潤ませるだろう。泣くんじゃねえよ、とひと言、言ってやらなくちゃ。ぼくの宝箱の中に棲むー、秘密のほーせーきー。思わず歌が口をついて出た。御機嫌だ。足許の黄色い線が、どこまでも続くように思える。けれども、このわたくしだけが、行き着く先を知っているのだ。そーのーブリリアントなよーこーがーお。ほんとにひどい歌。わたくしは、げらげら笑った。すると、その拍子に足はもつれ、自分がホームのはしを踏み外したのに気付いた。体が宙に浮いた瞬間、下り電車がホームに入って来るのが見えた。ライトがお月様みたい。これって現実？　摩周の名を呼ぶ間もなかった。わたくしは、生まれて初めて自分以外の人間のために、死にたくない、と願った。でも、もう、遅い。

「な、摩周、今日もうこの辺にしとかない？　おめ、全然元気ねえし、顔色も悪いしよ」

いつもの公園での曲合わせの途中で友人が言った。

「ごめんな。バイト休みの日くらい、きっちりやりたかったんだけど」

「女？」

摩周は曖昧に頷いた。そんな彼の肩を、友人は励ますように叩いた。

「女なんていくらでもいるって。最近、おめの歌、めちゃめちゃ評判いいじゃん。味あるとか言われちゃってよ。おれも次までにがんばって形にしとくから。元気出せって」

まだ残ると言う友人に笑って手を振り、彼は、ギターケースを抱えて家路についた。部屋に入り窓を開けて空気を入れ替え、その場に腰を降ろして溜息をつく。

姫子の義兄という人物からの電話で、彼女の死を知ったのは、二週間前のことだった。ここの電話番号は姫子の携帯電話の番号登録で知ったと言う。ホームに彼女のボストンバッグが転がっていたそうだ。携帯なんか持ってたんだ、と摩周は不思議な気持になった。トランシーバーとか、ハンドトーキーの方が似合うような気がする。それよりも、もっと驚いたのは、姫子という名前が彼女の本名だったことだ。世界のための源氏名ではなかったということか。

「そんな名前のせいですかね。元々、わがままな性質《たち》でね。親も年取ってんだから、少しぐらい面倒見るって気がなかったもんか、いえね、家族も持て余してたんですよ。

義妹とはいえ、ちっとも心を開いてくれないし……」

いつまでも続きそうな義兄の愚痴を、彼は、妨って尋ねた。

「あの、荷物の中にハーモニカありませんでしたか？」

「ハーモニカ？　ああ、ありましたよ、それが何か？」

「お棺に入れてもらえませんか」

「もう葬式すんじゃったんで。仏壇にでも供えておきますか？」

お願いします、と言って彼は受話器を置いた。

あの時のことを思い出しながら、彼は、窓の外を見た。何故だろう。こうなることは解っていたような気がする。あのお義兄さん、ちっとも悲しくないみたいだったな。きっと、家族の誰もがそんなに悲しくないんだろう。それどころか世界じゅうの人々が。その特権、今、おれがもらった。彼女が本当に求めている葬列に並ぶのは、おれだけだ。いつまで続くのかは見当も付かないけれど。

大声で歌ってみようか、と彼は思いつく。もう、怒鳴られることもないのだし。それともギターを弾いて、あのお姫様を偲ぼうか。彼は、姫子の体の隅々まで思い出す。今だって、やりたいのをこらえているというのに。耳のピアスを弄びつつ、あれこれ迷いながら、彼は、とりあえず10CCの蛋白質のために、ベルトを外しジッパーを降ろす。暮れる春。宵の気配は部屋に満ちる。気持ち良い。闇に目は慣れた。やがて約束の地の御近所で、孕んだ猫が、騒ぎ出す。

シャンプー

猫が飛び降りる時、安全に着地出来るのは、どのくらいの高さが限度なのだろう。という命題は、たぶん、この先、一生私の中にあり続ける。それを思うと、人知れぬ真剣を隠し持ったような気になり、少しだけ誇らしくなる。中学の同じクラスの人々よりも、はるかに速度を増して大人に近付いたような気分になるのだ。けれども、かたわらに寝そべる飼い猫のシャンプーに目をやると、途端に気落ちする。こいつと来たら、面倒臭いのか、テーブルの高さですら嫌がるのだ。まあ、こちらが退屈したからという理由だけで、いつも飛び降りるのを強制するからかもしれないが。年老いた猫を落として遊んでいるからと言って、別に、私は虐待している訳ではない。それどころか、好きにされているシャンプーに、常に感謝している。それは、同時に、私を取り巻く少なくない事柄に感謝することでもある。漠然、とだけれど、ありがたや。

この言葉を呟くと、私は、旧式の子供になれる。私は、この年齢にして、既に、新しいものに飽きている。それは、もしかしたら父親の影響、かもしれない。

私の父の義明は、ゴンドラに乗っている。時々は、ブランコにも乗っている。だからと言って、別に、彼はベネチアの船頭ではないし、公園で呑気に遊んでいるのでもない。彼の仕事は、プロの窓拭きだ。高層ビルのガラスを磨いている。私がものごころ付いた時から、彼は、それに従事していたので、特殊作業とは、今でも思わない。そう思い続けているのは、むしろ母の方だ。

父と母は、五年前、私が九歳の時に離婚した。私が生まれる直前に籍を入れたと言っていたから、結婚生活は九年続いたことになる。親の後を追いかけて歩くような年でもなくなった今思うと、あの二人が九年も夫婦でいられたなんて嘘みたいな気がする。二人が出会った時、母は短大を出たばかりで、祖父の口ききで就職した会社のオフィスで働いていた。ある日、ビルの十七階から外を見ていたら父がいた。ガラス越しに目が合った時には運命を感じたものよ、などと言っていたけれど、そんなことってあるのだろうか。私には、彼女ほど運命をないがしろにしている人はいないように思える。今だって、祖父の言いなりで、安定しないすべてのものを排除することにやっきになっている。

父は、母に出会った時、大学を中退して劇団に研究生として通うかたわら、生活のために窓拭きをしていた。そして、いつのまにか、それが本業になり、同僚たちと独立して会社を作って今に至っている。

最初、母方に引き取られた私は、中学に入る頃から父の許に入りびたるようになり、今では、ほとんど一緒に住んでいる。理由は、母がうるさいから。ただそれだけ。どちらかをより好きで、とか、そういうふうに思ったことはない。ただ居心地の良い方にいたかっただけ。子供が寄り付くのは、いつだって余分に好き勝手させてくれる親の方だ。

もちろん母の家の人々は、それを好ましく思ってはいない。元々、父との結婚も大反対だったのだ。離婚して、私を連れて母が実家に戻った時の祖父母の喜びようといったらなかった。母が、私が馬鹿でした、などと言って涙ぐんでいるのを見て、鼻白むと同時に、本当に馬鹿だと思った。だったら、最初からビルの窓越しに男に惚れたりするな、と私は心の中で呟いた。馬鹿やっちゃった結果が自分か、と思い続けるのも癪だったので、私は内緒で父に会いに行くようになった。何かを確認したい気分だった。

　ところが、父は吹き出して、馬鹿になれる程人を好きになれるのは素晴しいなどと、私の気分を逆撫でするのだった。妻も妻なら、夫も夫だ。つまり、ある時期、この二人は同類だったのだ。私は、小学生で、そのことを悟ってしまったのだった。私の両親は、私を作成した時、二人共、馬鹿だったのである。

　以来、私は自分のルーツに思いを馳せるのを止めた。ただでさえ、私は忙しいのだ。両親の失策になど思い悩んでいる暇はない。進路について考えなくてはならないし、友達とのつき合いもある。母の家に戻ってピアノの練習もしなくてはならないし、デートだってする。時には、父の身のまわりの世話もしなくてはならないし、たまに入れ替わる彼の恋人の品定めの義務もある。そう、一番の厄介はそれだ。

「空《そら》ちゃんとは、お友達のようにつき合って行ければ良いと思っているのよ」

　たいていの女は、初対面の時にこう言う。何故だ。私には、もう既に友達は沢山いる。今さら、どうして、この女と友達づき合いをしなくてはならないのか。それに私には友達は必要だが「お友達のような」人はお呼びではないのだ。そんなふうに思いながらも、私は一応感じ良く振舞う。まったく。大人って奴は、どうしてこんなにも子供に気をつかわせるのだろう。そういう女は、こちらの気苦労に気付くこともなく、にっこりと父に笑いかけながらこう言ったりする。

「私と空ちゃん、仲良くなれそうだわ」

なるほど、と思う。こういう時、私は、彼女が父の気を引くための道具にされている。父の前で、私に対する優しさを強調しようと試みる女を目の当たりにするたびに、解ってねえな、と思う。彼は、その種の優しさが通じない男なのだ。母を見ていれば解る。甘ったれで、自分だけを見ていて欲しがるあの人。打算的で、自分に得になるものすべてを求めているわがままな人。でも、誰よりも正直なあまりに、誰をも納得させてしまう母。彼女が運命からさっさと逃げ出したのは、それが自分に優しくないのを知ったからだ。困った人だとは思うけれども、あの人には説得力がある。父は、離婚するまでの九年間、説得され続けて来たのだ。

「どうして、お母様は、お父様のことを好きになったの?」

そう私は、母に尋ねたことがある。すると、母は、少しの間考えて答えた。

「だって、お父様は、演劇という夢を追いかけていたのよ。そして、その夢のために、あんなにも危険な仕事に甘んじていたのよ。出勤前のあの人を見るたびに、私、胸がつぶれそうだったわ。どれ程、あの仕事から解放されて欲しいと願ったことか」

不気味だ、と思ったのは、それを語る母の視線だった。私のはるか後方に、何か形ある物体が存在していて、そこに焦点を当てて話しているのだ。しかも、意図的にそうしているように見えた。

「お母様の目、変だよ」

「空は、まだ小さいから解らないかもしれないけど、今、私は、遠い目というのをしているつもりなの」

「何のために」

すると、母は、まるで目から出ている矢印を、ぽきりと外したように元の表情に戻ってこう言った。

「馬鹿ね。過去をおだてているのよ」

以来、私は、遠い目を嘲笑うようになった。親にかどわかされてはならない。そのことも学んだ。けれど、その隙を子供に与えてしまう親は、やっぱり憎めない。

母は、窓拭きの仕事を止めてくれといつも頼んでいたそうだ。一人前の役者になるまで祖父が援助する意志があるとも伝えた。父は、その申し入れを受けようとはしなかったが、不安で息が止まりそうだという母のために一度は他の職業についた。すると、自由になる時間が取れなくなり、劇団にも通えなくなった。ただの会社員になりつつある父に母は、ひどく落胆した。父いわく絶望した母のために、彼は、再び窓拭きに戻った。母は、またもや、危険過ぎて待つ身としては耐えられないと訴えた。父は、今度も説得され、仕事を替えた。すると、やはり、夢から遠ざかった。母は、駄々をこね、父は、今さら自分に出来る仕事はこれしかないと窓を拭き、母は、心配で死にそうになると嘆く。このくり返しだったそうだ。そして、ついに離婚に至った。これが、遠い目の実態だ。私の入る余地なんて、ありと思う？　母は、いったい、父にどうしてもらうことを望んだのか。そして、父は、母の何を受け入れようとしていたのか。

「で、おとうの夢は、どうなっちゃったのよ」

苛々して父に尋ねたことがある。私は、父に面と向かっては、もうお父様などとは呼ばない。尊敬されることを自ら拒否したような彼に、その呼び方は似合わない。彼も、私にはそう呼ばれたくないと言った。自分を忌み嫌っていた母の親族を象徴する言葉だからだと。それを聞いて、ふと、感じた。彼は、遠い目を持つ権利を奪われた人？

「玲子さんが出て行った後、役者になりたいって思いなんか消えちゃったな。そんなんで消えるんだから、元々、夢でもなんでもなかったのかもしれないね。結局、窓拭きの仕事だけが残ったから、それを必死にこなす。人って、若い内は、あれこれ追っかけるけど、大切にするべきなのって最後に残ったものだけじゃないのかな」

納得が行かないという表情の私に気付いて、父は、ばつの悪そうな笑いを浮かべて、言い訳のように付け加えた。

「まあ、追っかけなきゃ何が残るかも解らない訳だけど、これは、ぼくの場合。空は、ずっと後に自分だけの答えを出せばいい」

大分前のことになるが、私は、仕事中の父を目撃したことがある。目撃なんて言うと、事件現場かＵＦＯでも見てしまったようだが、そうとしか言い表わせない。だって、普通、人は、あんな高い場所でブランコになんか乗らない。しいて言えば、サーカスの人たちは乗るけれども、彼らは、その時に、シャンプーもスクイジも持ったりしない。あの道具が、窓拭きを、見せる者や遊ぶ者と隔てている。

「シャンプーっていうのが、あっちの洗剤付いたモップみたいなの。スクイジは、もうひとつのワイパーみたいなやつのことだよ」

私は、一緒にいた智幸に教えた。隣組の彼は、一応、私の彼氏というふうに友達の間では思われている。別に私も嫌ではないから反論しない。一緒にいれば、それなりに楽しい。その日も、二人で新宿に行った帰りだった。

「すげえ。空の父ちゃん、ガラス屋だったんだ。格好いいなー」

「え？　どこが？」

「高いとこにいられる人って、皆、格好いいじゃん。いいなー、ほら、見てみ、この辺の人たちの中で、一番空に近いよ。あ、そうか、だから、おまえの名前、空って付けたんだ。そうかあ、へえー、夢あんなー」

上を向いたまま、智幸は、しきりに感心するのだった。私は、父と彼を交互に見ながら、どちらかというと、智幸の方に感心していた。私の周囲の男子たちと来たら、大人ぶるか、悪ぶるか、引きこもるかで自分自身を分類するような奴らばかりだったから、何の思惑もなさそうな彼の様子は、新しく出会った生き物のように思えた。このまま、彼氏ということにしてしまおう。私は、こっそりと決心した。

「猫の名前もシャンプーっていうんだよ。それも、おとうが付けたんだよ」

「へえ、その猫、何か綺麗にする訳？」

「別に。もう年寄りだもん」

そう答えながら、あの猫が綺麗にして来たものなんてあるのかなあ、と考えた。思い付かない。年老いた今となっては、家中を汚している。ぼけてからは、トイレも間に合わない時があって、私に叱られている。

「でもさ、空、心配になんない？」

「何が？」

「父ちゃん、落ちちゃったらどうしようとかさ」

「そんなこといちいち考えないよ。おとうはプロだもん。プロは失敗しないんだもん」

本当は、一度だけあるという父の命拾いの経験について、母から聞いたことがある。まだ私が生まれたばかりの頃だったそうだ。幸い転落事故には至らず、父の手の皮膚がロープ焼けしただけですんだが、それだけではすまなかったのは、自分の心の方だった、と母は言った。愛する人と浮かれる心を、その時に奪われた。そんなふうに、まるで自分の方が災難に遭ったかのように、彼女は語るのだった。子供まで生まれた後で、浮かれるも何もないだろう、と私は呆れたが、そんな母だからこそ父も好きになったのだろう。だって、父は、いつかこんなふうに言ったことがある。

「玲子さんが心配すればする程、ぼくは彼女のことを好きになっちゃってねえ、そうしている間は、ここを絶対に出て行かないだろうなんて思ってたんだけど、どうなっちゃったんだかね」

どうなったかって、あんた、と私は溜息をついたものだ。あの人は、心配するのを止めたのだ。いつも心配ばかりしている人は、自分の都合で、いつでも心配するのを止めることだって出来るのだ。私は、心配なんてしない。けれども、そう決意してしまうと、父との関係は永遠に続くように思われて、その果てしなさにくらくらして来る。これが親子というもの?

「おれ、空のこと好き。これから、マジでつき合って行きたくない?」

智幸が突然言った。私が反射的に頷くと、彼の手が私のそれにつながれた。二人共、その後の言葉が続けられずに、ただ上を見ていた。変なの。親のはるか下で、私たち、親に言えないことに手を出そうとしている。父は、娘の存在に気付きもせずに、プロの仕事に精を出している。これじゃあ不良にもなれやしない。

以来、智幸とは、仲良くやって行けている。彼は、私が初めてつき合う男の子だけれども、想像した程の劇的な進展は何もない。女子の中には、男の子とつき合って行く内に、どのような展開があったかを得意気に吹聴する人たちもいる。でも、ほとんどは話を作っているような気がする。世の中で言われている程、セックスへの入口は近くない。キスはした。だからと言って、何故、その後に服を脱ぎ出すのかは解らない。でも、もしかしたら智幸は解っているのかもしれないな、とふと思う。彼が、突然服を脱ぎ出すことはないとしても、私の服を脱がせようとはするかもしれない。そういう順番なのだというのは、読み過ぎた本、観過ぎた映画のせいで、知っている。本は、母の逃避の責任。そして、映画は、父の夢のなれの果てだ。良いことなのか悪いことなのかは知らないけれど、それらのおかげで、私の頭の中には、数多くの恋愛形態が詰まっている。おませさんという古き良き言葉は、幼ない頃からの私の称号だ。でも、沢山貯わえた恋愛形態の例を引っ張り出しても私の中で完結を見ないのが二つだけある。それは、両親の恋、そしてもうひとつは、私自身の恋愛だ。こんな私に、友達は、変わってない？　なんて、時折尋ねたりするけれども、いいじゃない。世の中は、渋谷で夜通し遊ぶ子たちのことは大切にしているけれども、村上龍にうつつを抜かす中学生になんて目もくれない。先生には、川端康成が好きですなんて、しゃあしゃあと言って喜ばせている。いいのか、それで。私が好きなのは「伊豆の踊子」以外なんだぞ。フランソワーズ・サガンは、十八歳で、あんな素敵なラブストーリーを書いてデビューした。それを思うと、上には上がいるなあと思う。私と四つしか違わないじゃないか。いったい、どのような子供時代を送って来たのだろう。父親が、ゴンドラやブランコに乗っていなかったことは確かだとは思うけど。でも、きっと、何かを見上げ続けていたのだと予測する。

さて、生活の大半を支えてくれる父には、話しておくのが筋だろうと思った私は、ある日、告げた。智幸とのことだ。初めてのことで、少し緊張しながら言葉を選んだつもりだったのに、彼は、あっさりと相槌を打つのだった。

「あ、そうなの?」

「あのさあ、もっと違う反応ってないのかな。ほら、父親って娘を男に盗られそうと思って、すごーく傷付くとか言うじゃん」

「そりゃあ娘思いだ」

上の空のように言って、父は、気に入りの映画の一場面を繰り返し見ようと、ヴィデオを巻き戻している。こいつ、と私は腹立たしくなった。娘を気にかけてないんじゃないのか。

「おとう、おとうってば」

返事がない。

「義明さん!!」

父は、飛び上がらんばかりに驚いて、リモートコントローラーを落とした。

「うわあ、びっくりした。今の玲子さんそっくりだった。止めなよ、そういうの。年寄りは心臓弱いんだから」

まだ三十なかばじゃないか。だいたい出て行った女房の影に今でも怯えてどうする。たった二本の命綱で、あんなにも高い所に登る勇気があるというのに。

「男女交際を始めた娘に何かアドバイスとかそういうのはないんですか」

「何なの、それ?　避妊しなさいとかそういうこと?　ぼく、空に性教育なんてするの嫌だよ」

「そんなの期待してないよ。だいたいコンドームの使い方ぐらい知ってる」

「ほんとかよー。そんなのどこに出てるんだ。空の好きな本に載ってる?　川端も三島も谷崎も、登場人物に使わせてないだろ。何で知ってんだか言えよー」

「……口コミだよ」

父は、笑いながら、視線をテレビの画面に戻した。私は、憮然としながらも、こういう父だから、智幸のことを話す気になったのだと思った。母には、決して打ち明けることはないだろう。たった二本しかない命綱の一本を自分から断ち切ってしまった人だもの。

「ていうか、問題は、コンドームを使わない部分の話だよ」

「そんなの自分で考えなよー。お父様面倒臭いよー。空に必要なのは実践だよ。頭でっかちなんだからさ」

都合の悪い時だけ、自分に様を付けるんだから。でも、ほんの一瞬、父と母がまだつながっているような気がする。二人の間に生まれた子供だと、改めて自分のことを思う。あまりにもかけ離れた生活スタイルを持つ二人の掛け合わせである私。おかげで、運命、背負ってる。

「おとうは再婚したいなんて思ったことなかったの？　今の彼女とは、そんな気ない訳？」

父の今の恋人は、留美さんという。物解りの良い人だという印象はあるけれども、もしかしたら、私の前でだけかもしれない。彼氏の子供に嫌われたらおしまいだもんなあ、とほんの少し意地悪な気分になる時、父親の恋人にはからずも宿題を与えてしまう自分の存在について考えずにはいられない。かつて母の重荷は父の仕事だった。彼の夢が、それを取り除いて二人を結び付けていた。それでは、今の父の重荷は何なのだろう。

「私って、もしかしたら、おとうの重荷になってる？」

「ちっちゃい荷物ってとこかな」

「おとうとお母様は、何がきっかけで結婚することになったの？」

「空が出来ちゃったから」

「やっぱ重荷じゃん。私が出来てから人生狂っちゃったんじゃん」

父は、いつのまにかむきになっている私の頬を両手ではさんで微笑を浮かべた。

「人生狂わせる人間は稀少価値。ついでに言うなら、重荷がなかったら、あんな高いビルには登れない。言ってる意味解る？」

解んない。

「最初、この仕事始めようと思って講習を受けた時、本当に自分に出来るのかなって不安だった。でも、役者になりたいって夢があったからがんばれた」

「役者になる夢って重荷だったの？」

「重過ぎた。だから、捨てた。でも、いつのまにか、空がそれになり変わってた。良かったよ。重荷なしで生きてくなんて、ぼくには出来ない」

「でも、お母様には出来る」

「そういう人もいる。人それぞれなんじゃないか？　でも、正直、彼女のような人が羨しかったよ。眩しかった。ぼくにとって、人生を狂わせた人は、今までで四人いる。誰だか当ててごらん」

「うーん、まず空でしょ？　そして、お母様、後の二人は解んない」

「ぼくの両親」

私は、埼玉で酒屋を営んでいる父方の祖父母の顔を思い出した。質素な生活を好ましい様子で楽しんでいる人たちだ。とても、父の人生を狂わせたようには思えない。

「おじいちゃんたちが、おとうに何をしたって言うの？」

「ぼくを作った」

私は、思わず吹き出した。すると、笑いが止まらなくなった。体の内側がいっきに明るくなったように感じた。

「それ、すごく良い考えだね。じゃあさ、じゃあさ、お母様もおとうも、私の人生狂わせたんだね」

「と、いうか、あらかじめ狂った人生を空にプレゼントした。感謝するように」

「ラブリー!!」

おもしろいことになって来た。人生なんか最初から狂ってる。そう思うと、この先、あらゆることを受け止めるのが容易になる。人は、狂った人生を物語の中でしか楽しまないものだけど、実は、私だってその主人公になれるのだ。しかも、実在する物語の中で。父は、もう一度人生を狂わせてくれる人が現われない限り、再婚しないだろう。私に出来るのは、それまで彼の重過ぎない重荷になることだ。

「ゴンドラやブランコに乗るのは今でも恐いよ。でも、その恐さがなくなっちゃったら終わりだと思ってるんだ。絶対に事故に遭うと思う。そんなことになったら空に悪いもんな。決して慎重さは失わない。だから安心しててくれていいよ」

その言葉を聞いて、今、思った。私、もしかしたら、いつのまにか心配していた?

それに気付きたくなくて、猫にやつ当たりしていたのかもしれない。途端に憐れみが湧いて来て、私は、嫌がるシャンプーをきつく抱き締めた。

その日以来、私を取り巻くすべてのものが輝いて見えた、などと小説風の言い回しをしたいところだが、全然そんなことはない。何だかがっかりだ。やはり、父は、私をかどわかしただけだったのか。ただ、いくつかの言葉だけで、人は楽になれるものだということは知った。けれども、いくつかの言葉だけでは物語は作れない。そこに思いが及ぶと、たかだか十四年分のものしか知らない自分が悲しくなる。

「空は、なんでそんなにも早く大人になりたがんの？」

ハンバーガーを齧じりながら智幸が尋ねた。学校帰りには、いつも二人で、何かを食べる。他愛ない会話を交わしながら、この人生のどこが狂ってんだよ、と思う。それ以外の二人だけの習慣は、既にいくつもあり、毎日変わりばえしないよなあと彼の顔をながめる。恐くなくなったら終わり、という父の言葉が蘇る。私は、何を恐がれば良いのだろう。

「大人になれば、色々な答えが見つかるんだと思ってさ」

「そうかあ？　答えなんか解んない方がおもしろくない？」

それに反論しようとしたら、携帯電話がなり、出ると留美さんだったので驚いた。

私は、彼女にこの番号を教えたことはない。

「どうして、番号解ったんですか？」

「義明さんに聞いてあったの。自分に何か起こったら、電話してくれって」

嫌な予感が走った。智幸が私を心配そうに見ている。私は、やっとの思いで、絶対に尋ねたくなかったことを声にした。

「……父に何かあったんですか？」

「今、病院なの。義明さん怪我をして……」

呆然として落とした携帯電話を智幸が取り上げて、会話を引きつぎ病院の場所を聞いた。

「空！　何やってんだよ、行くぞ」

智幸が、どうして良いのか解らない私を急かした。

「おとう、死ぬの？」

「あ、聞くの忘れた」

私は、智幸に引き摺られるようにして全速力で走った。彼が私の手を握る力は痛い程だった。電車に飛び乗るとすぐに、彼は、私を抱き締めた。いつもなら、そんなカップルを見たら、二人で悪態をついたりするところだが、他人の視線なんてかまっちゃいられなかった。父を失う恐怖に怯えながらも、心の片隅で思った。こういう時のために、物語の中の二人は抱き合うものなのか。本や映画の中でしか生きていなかった恋人たちの姿が次々と現われては消えた。今、それらには体温が与えられている。そんなことを感じながら、私は、智幸の胸に顔を埋《うず》めた。

ようやく病院に辿り着き、そこでも私たちは走った。震える私のために、智幸が病室のドアを開けた。よう、と手を上げる片足を吊った父の横に留美さんがいた。力が抜けた。

「……生きてる……」

思わず呟いた私の言葉に、父と留美さんは顔を見合わせて笑った。

「年も考えずに、自転車の二人乗りをしてたら転んだ」

「ふ、ふ、二人乗り⁉」

留美さんが困ったように言い訳した。

「だって、義明さん重かったんですもの」

「おとうが後ろだったの⁉　ま、まさか、立ち乗りしたんじゃないでしょうね」

「うん、まあ、その、あれは若者の特権だってことが解って良い勉強になった」

呆れて口もきけなかった。メインロープの結び目がほどけたのでもなく、ワイヤロープが切断したのでもなく、丸環ステーが壊われたのでもない理由で、私は走って来たのか。二人乗り！　二人乗りだって⁉　それって、道路交通法違反ではないのか。不安が解消されたら、猛烈な怒りが湧いて来た。でも、どうやってぶつけたら良いのか。どうよ、お母様、これでも遠い目、続けるつもり？

と、その時、私の背後で智幸が叫んだ。

「ばんざーい!!　ばんざーい!!」

ぎょっとして振り返ると、彼は、両手を何度も上げたり下げたりしながら叫び続けているのだった。私は、唖然としながら、彼をただながめていた。この人、今、馬鹿になれている。馬鹿になれる程、私のことが好きなんだ。

結局、数日の入院が必要な父を残して、私たちは、すぐに帰された。落ち着かないから、家に帰れと父に言われたのだ。仕方なく、留美さんに後を頼んで病院を後にした。

私をひとりにはしておけないという理由で智幸は付いて来た。私もその方が良かった。ひとりきりになるのが恐かった。何だか、これから、ずっと、そんな気持でいるような気がする。

玄関を開けると、シャンプーが私たちの許に歩いて来た。

「お、こいつだろ？　シャンプー。シャンプー、来い来い、シャンプー、何も綺麗にしないシャアーンプー」

智幸が猫を呼ぶ声を聞いていたら、突然、涙が出て来た。目にごみが入ったと言い訳しながらも、瞳は洗われて、もう、止まらない。

あとがき

私には、恐しいと思うものがいくつかある。それは、幽霊でもなく、歯医者でもなく、作品への酷評でもなく、爬虫類でもなく、編集者でもない（いや、やはり、彼らは、ちょっぴり恐い）。これらのようなはっきりと口に出せるものに恐怖を感じることが出来れば、私の人生は、もっとシンプルになっていただろうし、私という人間は、今よりはるかに好感を持って他人から迎えられていたことだろう。私が怯えるのは、もっと、はるかにしち面倒臭くて、ややこしいものに対してなのである。

たとえば、私は、死が恐い。それは普通のことだと言われそうだが、私が恐いのは、自分の死そのものではないのである。そんなものは、眠りの延長程度に思う。そして、私は、寝るのが好きだ。毎日、十時間も寝ている。それが百年になったって、どうということもないような気がする。いつも夢ばかり見ているので、期限なしの熟睡なんて素敵だとすら感じる。

私が死を恐れるのは、後に残した数人の人々が、確実に泣くのを知っているからである。自惚れと笑ってくださって結構だが、私を取り巻く何人かの人々は、生活レベルで、明らかに私を必要としている。この生活レベルとは、たとえば空気や食べ物と同じくらいということだ。その人たちの今現在を形作る要素のほんの隅っこに過ぎないけれど、でも、私は確かに存在している。私が死ぬということは、彼らの内から、私分の小さな欠片を抜き取ることである。そうなれば、しばらくは痛むだろう。痛ければ泣くだろう。想像すると眩暈がする程恐しい。だから、私の夢は、死んだ時に誰も泣かない、それどころか、その死を祝いたいくらいの嫌われ者のばあさんになることである。ところで、私は、愛も恐い。ある特定の人間を自分自身よりも愛しているのではないか、とふと思う時、私は、その対象を失う恐怖に身震いしてしまう。今度は、他人が泣くのを思いやるのではなく、自分が泣くのを心配しているのである。愛情の手ごたえを感じてしまったら、人は、もうそれを知る前には戻れない。常に失う不安にさいなまれる。それが嫌だから、私の夢は、死ぬまでに、極悪非道で冷酷なばあさんになることである。

しかし。道は遠い。まだまだちゃちな私の心は、愛と死のシミュレーションで、よろよろしてばかりいる。そうだ、そんな不甲斐ない自分に喝を入れてやろう、と時に思いつく。でも、どうして良いのかさっぱり解らないので、とりあえず十時間眠ってから、原稿用紙の前に座わるのである。けれど、そんな状況に自分を置きながらも、何をどう書いて良いのか、まったく困惑するばかりなので、今度は、とりあえず大酒を飲んで愛すべき友人を増やして行き、またもや彼らを失ったらどうしようと悪循環を繰り返すのである。ああ、「懶惰《らんだ》の歌留多」を書いた太宰の気持が良く解る、と言ったら言い過ぎか。

今回は、そんな私の中で永遠に完結を見ないであろう悪循環が、これらの作品を書かせた。進める内に、悪循環と思われていたものが、実は、良循環（そんな言葉があるかどうか知らないが）に成り変わる瞬間もあるのだと発見して、自分の何かを開拓したような気分になった。嬉しかった。

死は生を引き立てる。生は死を引き立てる。私は、今でも、これらのことに恐怖を抱いている。たぶん、これからもそうであり続けるであろう。嫌味で冷酷なばあさんになる予定の私は、愛情で織られた布で、はねっ返りの恐怖を包み、それを重荷よろしく背負い込む。そして、そこから小出しに見せびらかして、自慢する。見える人にしか欲しがられない、大切な大切な宝物を。

今回の単行本化に当たって、文藝春秋出版局の森正明くんには、大変お世話になった。つくづく感謝している。彼は、わがエイミーズカフェのおいまわしなどと呼ばれて、料理長の私ともども、うちのキッチンを取りしきっている。また、おいしいもんをいっぱい食べましょう。おいしいもんは、いいよ。心も体も、密度を濃くしてくれる。

そして、忙しいのに、私の無理な願いを聞いて、カバーの絵を描いてくれた真鍋昌平くん、また、いつもながら、私のつたない作品群をクールな装丁で仕上げてくれた田島照久さんにも心から感謝したい。

あ、そうだ、ついでに、私を残して、さっさと天国に行ってしまった何人かの愛する人たちにも。彼らは、私に、生のやるせない美味を教えてくれた。ありがとう。物書きにあるまじき感傷的な言い草と自嘲しながらも、あえてたとえるのなら、その味は、涙の絶妙な塩加減に、限りなく、似ている。

二〇〇一年　初夏

おとうとの命日を前に

山田詠美

初出
MENU　「新潮」平成12年９月号
検温　「オール讀物」平成12年１月号
フィエスタ　「オール讀物」平成13年５月号
姫君　「文學界」平成13年５月号
シャンプー　「オール讀物」平成13年６月号

姫《ひめ》君《ぎみ》

2001年6月30日　第1刷

著　者　山田詠美《やまだえいみ》
発行者　寺田英視
発行所　株式会社　文藝春秋
東京都千代田区紀尾井町3-23　〒102-8008
電話（03）3265-1211
印刷所　大日本印刷
製本所　加藤製本

定価はカバーに表示してあります。万一、落丁乱丁の場合は送料小社負担でお取替え致します。小社営業部宛お送り下さい。

 ISBN4-16-320140-8